怪物大師人物介紹

BUBURO
布布路

從小與守墓人爺爺一起生活在墓地，因為父親的各種負面傳言，一直受到村裏人排擠，但布布路從不自卑，內心深處相信自己的父親是一位了不起的人物。為了實現自己的夢想以及尋找失蹤父親的消息，他毅然離開家鄉，前往摩爾本十字基地，參加怪物大師預備生的試煉。

關鍵詞：單細胞動物、樂觀、熱血

SELINA
賽琳娜

出生商人世家的大小姐，卻一點都沒有大小姐的架子，與布布路一樣來自「影王村」，個性豪爽，有點驕傲，對待布布路一視同仁，從不排擠他，只因為她更在乎的是推廣家裏的生意。賽琳娜的目標是收集世界上所有類型的元素石，並熟練掌握這些元素石的運用。

關鍵詞：大姐頭、敏捷、愛財

DICKY
帝奇・雷頓

臉上總是掛着陰沉表情的瘦小男生。帝奇的存在感薄弱，不注意看的話就找不到人了，但是他身邊跟着一隻非常招搖拉風的怪物——成年版的「巴巴里金獅」。對於是非的判斷他有自己的準則，不太相信別人，性格很「獨」。

關鍵詞：豆丁、酷、毒舌

JIAOZI
餃子

在去往摩爾本十字基地的路上，勾搭認識上布布路，戴着狐狸面具，看不出喜怒哀樂，從聲音來聽，似乎總是笑嘻嘻的，高調宣揚自己身無分文，賴着布布路騙吃騙喝，在招生會期間對布布路諸多照應。

關鍵詞：狐狸面具、神祕、圓滑

冒險、正義、財富、祕寶、名譽……

富有志向的人們啊，

用心發出聲音吧，

召喚那來自時空盡頭的怪物，

賭上所有的「夢想」、「勇氣」、「自尊」，甚至「性命」，

向着成為藍星上最傳奇的 ——怪物大師之路前進吧！

———《怪物大師》題記
MONSTER MASTER

【目錄】CONTENTS
《沉睡的泰坦巨人之城》

Especially written for kids aged 9 — 14（專為9-14歲兒童製作）

● 【扉頁彩圖】ART OF MONSTER MASTER
● 人物介紹：布布路 / 賽琳娜 / 餃子 / 帝奇

MONSTER MASTER

「怪物大師」無盡的冒險
The City Of Sleeping Titan Giant

怪物大師最愛珍藏

SECRET GAME

MONSTER WARCRAFT
（隨書附贈「怪物對戰牌」）

穿 透 文 字 的 「 堅 強 」 與 「 感 動 」！

DREAM　ADVENTURE　COURAGE　FRIENDSHIP

夢想＋冒險＋勇氣＋友誼

「怪物」與「人類」、「勇氣」與「挫折」、「信仰」與「背叛」、「戰鬥」與「思考」……是心靈的冒險，還是意志的考驗？
請與本書的主人公一同開啟奇幻之門，一起去追尋人生中最珍貴的夢想吧！

把世界的謎團串起來！
MELODIES OF LIFE

這裏是獨一無二的腦細胞幻想地帶，孩子們其樂無窮的樂園。
每一部一個諫臆故事，它們以神祕莫測的魔力，俘虜着人們的好奇心。
有人說，唯一的抵抗方法，就是閱讀——
請翻開這本書吧，讓人心動的世界正在向你招手……

愛與夢想的「新世界冒險奇談」！

引子

CREATED BY LEON IMAGE
LOVE & DREAMS

滅頂之災
MONSTER MASTER 2

「着火啦！着火啦——」

橘紅色的火苗跳動着，發出令人心驚肉跳的劈啪聲，風鼓吹着火苗，引燃了城區裏大街小巷的房子，人們驚慌失措地衝出家門，想要尋求一條生路。

嬰兒的哭鬧、小孩子無助的尖叫以及大人絕望的呼喊全都混雜在一起。

紅光衝天，大批兇神惡煞的士兵拿着武器，在城區裏四

處追殺這些剛剛失去家園的可憐人。

一個，兩個，三個……不斷地有人倒下，不斷地有人死去……

驚恐的求救聲化作一片血霧，這座城市儼然成了修羅地獄。

一個頭戴金冠的小孩站在遠處的山峯上，俯瞰着這場慘劇。

小孩臉色煞白，渾身發抖，赤紅的雙眼中不停流出悲憤的淚水：「不要，不要……住手啊！不要再殺人了！」可是不管他怎麼聲嘶力竭地呼喊，都無法讓這一切停下來。

轟！

城市中央升起了一團好像蘑菇雲一樣的暗濁塵土，不堪重負的城牆轟然倒塌。

那裏——被摧毀的地方原本是一座雄偉的宮殿，是他生長的地方，可是，他竟親眼看着大片黑壓壓的身影如同蝗蟲一樣湧進去霸佔了它！

沒有了！皇族的榮耀、國家的威嚴都被踐踏了！一切灰飛煙滅！

看着被大火染紅的半邊天，小孩的眼中充滿了絕望，他跪倒在地，一拳一拳狠狠地砸着地面，直到雙手被鮮血淹沒。

「殿下，請您記住，歷史上那些暴君和殺人犯都曾一度戰無不勝，他們通過不人道的行為得到了榮譽與輝煌，甚至稱霸一方，但是，邪不勝正。最終，他們都會倒下，並且是以

最醜陋的面容倒下！永遠如此！」一個渾厚穩重的聲音傳來，小孩的身體隨着這個聲音開始顫動，但那顫動卻不是因為他的恐懼和絕望。

「泰坦，你說的是真的嗎？」小孩的眼中重新煥發出希望的光芒，低頭問道。

「相信老朽的話吧⋯⋯不要放棄！」昏沉的夜色中，就見一雙巨大的眼睛霍然睜開。

這小孩竟是站在一個巨人的肩膀上，而巨人高大的身軀就如同一座巍峨的山峯，傲然挺立在天地之間。

小孩鄭重地點點頭，重新站起來，眺望着被大火吞沒的國家，一把抹掉臉上的眼淚，也把雙手間的鮮血擦到了那張秀氣的臉上。

「總有一天⋯⋯總有一天，我會奪回這一切！我發誓！」小孩眼神堅定地宣誓。

沉睡的泰坦巨人之城
MONSTER MASTER 2

新世界冒險奇談

第一站 STEP.01

消失的最高級別怪物
MONSTER MASTER 2

「惡魔之子」布布路

這裏是琉方大陸上最繁華的都城 ——北之黎。

只要來過北之黎的人都知道，城市中心有座宏偉的十字形建築，以全白色的大理石建造，若有幸在夜晚從天空俯瞰，就會發現它如同一顆璀璨的十字星，在月色下熠熠生輝。

那正是這塊大陸上所有立志成為怪物大師的人們的夢想之地 ——摩爾本十字基地。

但最近一向和樂的十字基地裏卻瘋傳着一個令不少怪物大

師預備生為之惶恐的小道消息：一個可怕的「惡魔之子」居然通過了一年一度舉行的招生會。

這是一件多麼讓人難以置信，又多麼讓人深惡痛絕的事啊！

火主日（備註：用地球人的知識來理解為星期一）的早課上，大家的心思都沒集中在與自己的怪物的心音交流上，而是相互之間竊竊私語，偷偷看着在入學考試中一舉成名的「惡魔之子」——布布路！

「喂喂喂，看那邊，就是他……那個惡魔之子！他爸爸是個殺人魔！」

「那他會不會也像他爸爸一樣做出那麼可怕的事？我們豈不是很不安全！」

「討厭，我一定要再去向院長投訴，把這個污穢的傢伙從我們神聖的十字基地趕出去！」

……

布布路一雙粗黑的眉毛挑得老高，四處張望，被他目光掃到的眾人或抬頭望天，或彼此對望假意閒聊，或忙着研究牆上的壁畫。總之，他們不想跟這個「惡魔之子」沾上半點關係。

「可惡！四不像那隻笨蛋怪物，到底躲到哪裏去了？」

唉，早上才談好價碼，給它一塊宇宙超級無敵甜的紅夕果果凍，它就安分地陪自己上完這堂怪物基本知識培訓課。結果它吃了東西，還是跑了個無影無蹤！

布布路轉眼衝出了教室，就像一陣大風颳過，在走廊上掀

起一片煙塵……

「咳咳!」抱着課本的金貝克導師眉頭緊皺,捏着嗓子氣哼哼地抱怨道:「討厭,簡直就像個沒開化的野猴子!哼,就是因為收了這樣的預備生,十字基地的品位都被降低了!」

轟──

咣噹──

有發現!布布路的耳朵動了動,目光掃過一間間的預備生宿舍,最後鎖定其中一間。那不是他自己的房間嗎?難道四不像這隻笨蛋怪物又在跟他玩聲東擊西的把戲,故意把他引出去,結果自己卻跑了回去?

可惡!四不像實在是太狡猾了!

布布路氣呼呼地推開門,只見本該整潔乾淨的房間變得亂七八糟,桌子、椅子、衣櫃全部東倒西歪,衣服、枕頭、被褥漫天飛舞。

而造成這種局面的罪魁禍首卻舒舒服服地坐在吊燈上,一邊大口啃着柑橘,一邊翻着一本書看。最可惡的是,它,它,它……它還把本屬於布布路爸爸的榮譽勳章掛在了自個兒的脖子上!

「四不像!把我爸爸的勳章還回來!」布布路暴跳如雷,一腳踏上立在牆角邊的棺材,借力往空中一躍,雙手抓向那隻像生了鏽一般難看的怪物。

與此同時,一聲巨響傳來,棺材轟然倒地,引發了一場不小

的地震。

「布魯，布魯布魯！」四不像齜牙咧嘴地挑釁着布布路。

一時間，房間裏燃起熊熊戰火，一人一怪物上躥下跳，鬥得不亦樂乎。

奇 怪的夥伴們

咚咚咚！砰砰砰！房間的門被人一陣猛敲猛拍。

布布路連忙衝四不像打手勢示意暫停。

哪知道，布布路才打開門，就見一個拳頭直送眼前，腦門上結結實實挨了一拳，疼得他抱頭直哼哼。

「吵死了！這麼大的動靜，你們兩個是準備把房子給拆了嗎？」一個金髮女孩氣勢洶洶地衝進門來。

她身後站着一高一矮兩個男孩。

高個子男孩梳着一條長到拖地的辮子，臉上還戴着一張笑瞇瞇的狐狸面具，看上去神祕兮兮的，誰也不知道他的出身來歷，只知道他有一個很奇怪的名字 —— 餃子。

矮個子男孩叫帝奇，穿着一件暗紅色的斗篷，斗篷下不知道藏了多少暗器，大家都在考場上見識過他的本事了。作為賞金王 . 雷頓家族的繼承人，帝奇的身手不容小覷。何況他擁有的怪物可是超級稀有的怪物 —— 巴巴里金獅，那是帝奇的爺爺過世時傳承給他的守護者！

「哇哦！布布路，你房間被打劫過啦，怎麼亂成這樣？」餃子

對方憤怒的目光和撼人的氣勢讓餃子緊張地吞了吞口水：「黑，黑鷲導師，有事嗎？」

黑鷲無視他們幾個，惡狠狠的目光直直投向四不像，咬牙切齒地大吼道：「你這隻討厭的醜八怪！不僅偷我的柑橘、搶我的書，還敢抓傷我英俊非凡的臉！我今天一定要狠狠地教訓你一頓！」

「布魯！」四不像張口，咬住了黑鷲伸過來的手指頭。

「你，你，你……你欠揍啊！」黑鷲氣得渾身冒火，掄起拳頭就向四不像的大腦門擊去。

四不像閃電一般飛身躍上掛燈，還嫌氣不死人似的，俯身朝黑鷲吐舌頭。

黑鷲惱羞成怒地掏出怪物卡，打算將自己的怪物金剛狼召喚出來，好好給這隻醜八怪一個教訓！

「黑鷲導師，別這樣……」這樣下去這房子真的要保不住了，大家趕緊一擁而上，想要阻止這場惡鬥。

「別鬧了，有任務！」

另一個冷冰冰的聲音傳來，布布路他們立刻鬆了口氣，救星出現了！

一個與黑鷲長得一模一樣，氣質卻沉穩得多的青年出現在房門口，他是白鷲，和黑鷲是雙生子，同在十字基地裏擔任導師。

黑鷲看到哥哥登場，只好收斂起脾氣。

白鷲環顧着布布路一片狼藉的房間，潔癖症發作了，咆哮

道：「打掃乾淨！不然每個人都扣十個學分。」

　　四人的目光齊齊射向四不像，恨不得在它身上捅出幾個窟窿！

　　白鷺清了清嗓子，嚴肅地說：「今天下午北之黎會舉辦一場空前盛大的『原石拍賣大會』。據可靠消息，屆時會有成色非常好的『泰坦原石』在拍賣會上出現。你們的任務就是擔任拍賣會的保安人員，保證拍賣會能夠順利進行，順利結束，懂了嗎？」

　　「懂了！」四人響亮地答道，這可是他們成為怪物大師預備生後的第一次任務！

　　而且拍賣會上會有泰坦原石出現，這實在是太令人期待了！布布路和賽琳娜眼裏開始冒金光。

帝奇摸了摸口袋裏鼓鼓囊囊的錢袋，考慮要不要也加入競拍。

　　泰坦原石之所以值錢，就是因為它可以加工成金盾，說到金盾，餃子偷偷瞄向布布路，其實他身上就有一塊，聽說是布布路的爺爺送給他的，不過那小子卻對此一無所知，還差點被人騙去。想到這裏，餃子不禁搖了搖頭。

　　「好了，你們準備準備就出發吧！」白鷺一聲令下，賽琳娜、餃子和帝奇立刻奔回各自的房間收拾行李。

　　只是，哐噹——等巴巴里金獅最後一個擠出門後，可憐的門板四分五裂地躺在地上。

　　布布路無辜地張大嘴巴，傻傻地看着地上壞掉的門，嗚

嗚……這已經是這個月壞掉的第三扇了，是不是應該換扇石頭門啊？

「把黑鯛眼睛老學究的那本珍藏本交出來，那是屬於摩爾本十字基地的東西。」白鷺指了指黑鷺和四不像，嚴厲地說。

黑鷺的臉色鐵青，四不像則是一副事不關己的樣子，拿鼻孔嗤白鷺。

唉，布布路沉重地歎了口氣，別人都有怪物卡儲存怪物，唯獨四不像卻一口把怪物卡吞掉了唉，真想再要一張怪物卡把四不像關進去哦！

沒辦法，怪物做錯了事，需要主人來善後。布布路趕緊幫黑鷺在凌亂的房間裏到處亂翻，或者說在幫倒忙。

結果兩人把房間翻了個底朝天，還是一無所獲。珍藏本就這麼不翼而飛了！

「剛才還在……」黑鷺心虛地看了白鷺一眼。

白鷺板起臉，嚴厲地說：「你惹出來的麻煩你自己解決，不過書一定要交還給圖書館！」

黑鷺哭喪着臉，布布路拍了拍他的肩膀，表示安慰。

沉睡的泰坦巨人之城

MONSTER MASTER 2

新世界冒險奇談
第二站 STEP.02

盛況空前的原石拍賣會
MONSTER MASTER 2

目標，拍賣會場

　　十字基地門外，餃子提起布布路的衣領，一把將他塞進甲殼蟲的後座，跟巴巴里金獅和帝奇擠在一起，自個兒往前座一跳，賽琳娜立刻踩下油門，甲殼蟲如離弦之箭般衝出了基地大門。

　　「沒追來吧？」餃子回頭再三確認，生怕黑鷺會陰魂不散地跟着他們。

　　「放心吧，以甲殼蟲現在行駛的速度，就算他派出金剛狼也

肯定追不上。」賽琳娜對自己的駕駛技術充滿了信心。

「那就好……嘿嘿!」餃子嗖的一下從懷裏掏出一本書。

「原來是你把書拿走了!」布布路恍然大悟地叫道。

餃子得意揚揚地挺起胸膛:「大姐頭不是說這書很值錢,不拿白不拿,之後還能換盧克!」

就在其他三人對此深表鄙視的時候,四不像突然從後頭躥上來,啊嗚一口把書給吞下肚子去了。

「哎呀,我的盧克!」突如其來的變故讓餃子抱頭哀號。

「不錯!這樣就沒罪證了!」賽琳娜贊許地看了四不像一眼。

「四不像,你又亂吃東西,小心拉肚子!」看着打了個飽嗝的四不像,布布路頭上落下三根黑線。

帝奇無聊地打了個哈欠,進入了補眠狀態。

賽琳娜駕駛着甲殼蟲一路飛馳,很快就到達了目的地 ——一個至少能容納上千人的巨型金色帳篷立在一大片空地上,頂端豎着一杆色彩斑斕的誇張旗幟,印着拍賣會那隻醜陋的角獸的標誌。拍賣會的主會場周圍還環繞着許多風格不一的小帳篷,來自各地的商販們在這裏兜售着許多珍奇的礦石。

貝殼、寶石、羅緞……極端華麗但毫無統一感地裝飾在一起。

噢噢噢噢 ——

主辦方「怪異」的品位讓餃子的眼睛險些閃成盧克的符號,也讓賽琳娜無力地搖了搖頭。

　　帝奇的目光警惕地四下一掃，發現不少穿着黑制服的治安所官員正混雜在絡繹不絕的人流裏，監視着周圍的動靜。

　　「看來主辦方也很謹慎啊，安排了這麼多治安所官員在，我們大概連露臉的機會都沒了。不過這樣也好，我們就盡情地享受一下吧。」餃子樂得輕鬆，想要拍帝奇的肩膀，卻被帝奇快速地閃開了，餃子不在意地笑了笑。

　　「嗯嗯嗯，一定要好好逛逛！」布布路第一次見到這種人山人海的大場面，高興得上躥下跳。

　　「唉，太丟人了，你可別告訴人家你是從影王村出來的！」賽琳娜拉不住布布路，只好閃到邊上，假裝不認識他。

　　餃子故弄玄虛地問布布路：「你知道琉方大陸的拍賣會是怎樣形成的嗎？」

　　布布路如餃子所願，茫然地搖了搖頭。

　　餃子裝模作樣地開始編故事：「很久很久以前，我曾祖父的曾祖父的曾祖父是琉方大陸上赫赫有名的大商人，掌握着無數通商口岸的貿易往來，他的財富可以堆成一座寶山，各國國王都對他敬讓三分。而我曾祖父的曾祖父的曾祖父是個很有遠見的商人，當他看到家裏有這麼多寶貝的時候，心裏萌生了一個想法……他想：為甚麼不一次性地召集對這些寶貝有興趣的人，然後讓他們競爭呢？這樣不是能獲得更大的收益嗎？於是他就舉辦了第一屆拍賣會，並且大獲成功。從此以後這個拍賣會就一直流傳了下來……」

　　「哇，你曾祖父的曾祖父的曾祖父好厲害啊！」布布路一臉

崇拜地看着「發明人」的後代。

「胡扯，」帝奇實在受不了布布路一臉天真的白痴表情，不屑地揭穿了餃子的大話：「拍賣會只是給各方勢力提供一個交易平台的綜合組織！」

「綜合組織？」布布路撓撓頭：「原來餃子的曾祖父的曾祖父的曾祖父創辦了一個綜合組織啊！」

這個無可救藥的笨蛋！帝奇瞪他一眼，懶得再理睬他。

可疑的「銀斗篷」

就在三人吵吵鬧鬧的時候，賽琳娜負責地找到了主辦方的聯絡人。

聯絡人是個戴着半邊眼鏡的瘦高個子，他向布布路他們介紹道：「拍賣會的正式開場時間是下午兩點，你們必須提前半小時進場，入口處會場會向競投的客人們發放一個特製的金色小鈴鐺，用來叫價。這些小鈴鐺都有編號，並與主辦方的系統相連接。到時候只要競投者一搖鈴，系統上就會記錄買家的姓名與叫價金額，最終系統會通知主持人公佈成交結果。」

布布路他們被安排在會場的最後一排，所有入場者的一舉一動都在他們的眼皮底下。

「喂，看那幾個穿一身白，長得不怎樣的人，他們可是琉方大陸上數一數二的富商，經常出現在《芒果日報》的頭版……」賽琳娜用胳膊肘頂了頂身邊的布布路，壓低聲音說。

「咳，注意，有可疑的人來了！」餃子不動聲色地咳嗽一聲，手指悄悄點了點入口處。

一羣穿着銀色斗篷、全身上下只露出一對眼睛的神祕人走進會場，為首的人體態臃腫，大搖大擺地走向了第一排的 VIP 座，他的屁股還沒落座，一旁的工作人員就殷勤地獻上茶水點心。

「這麼大的排場，到底甚麼來頭啊？」餃子好奇地打量着那羣人，隨口猜測道：「神祕富豪？不不不，也有可能是甚麼地下黑勢力，不然也不會包得那麼嚴實……」

「反正在拍賣會上，有錢就代表了一切！」賽琳娜的話直搗問題核心。

啪，啪，啪！　會場內的燈依次熄滅，四人無聊的猜測也告一段落。

天鵝絨帷幕緩緩上升，一盞追光燈停在一個西裝筆挺的矮瘦老頭身上，他走到水晶搭建的拍賣台中央，向大家頷首示意，隨即宣佈拍賣會正式開始。

全場頓時響起雷鳴般的掌聲。

隨後，第一件拍賣品 —— 一塊約有半人高、泛着藍光的元素石從主席台的側門被推了上來。

「這是一顆罕見的水元素石。眾所周知，普通的水元素石只要有鵝蛋大小就能形成水浪一般的攻擊或者使水元素怪物的戰鬥力提升數倍。而眼前這塊水元素石，它的體積是普通水元素石的百倍，晶瑩剔透、色澤上佳，能量更是不可估量！所以，現場有興趣的嘉賓千萬不可錯過這塊難得一見的寶貝！它的起拍

價是五萬盧克！每搖一下鈴就代表增加一萬盧克，每人不限搖鈴次數，價高者得！現在，競拍開始！」老頭話音剛落，場下的競拍者們就開始了激烈的競爭。

一時間，場上鈴聲不斷，賽琳娜忍不住捂住了耳朵。

餃子不看好地嘟囔道：「這麼個搖法，鬼才知道是誰競拍成功呢！」

「是那個人拍下的，成交價是二十五萬盧克。」布布路果斷地指着場中的一個人說。

「成交！這位先生以二十五萬盧克最終得到了這塊水元素石……」幾乎是同時，主持人根據系統提示公佈了最後結果。

餃子三人難以置信地看着布布路，驚呼道：「你也太強了吧！」

這聲驚呼引來了不少人的注意，神祕銀斗篷也回頭瞟了他們一眼。

四人立馬站好，要是被主辦方投訴他們不務正業就麻煩了。

接下來，愈來愈多的珍貴元素石被陸續推上台來，又迅速被各路人馬拍走。

一向喜歡收集元素石的賽琳娜終於沉不住氣了，低聲抱怨道：「哼，我就不信這些有錢人都懂得這些元素石的價值……」

噔噔噔噔 —— 噔噔噔噔 —— 噔噔噔噔 ——

賽琳娜的聲音淹沒在一陣激情澎湃的旋律中，所有人的目光都集中到水晶拍賣台上。

老頭擺了一下手，音樂停止，他莊重地宣佈道：「各位尊貴

的來賓，接下來最值得期待的時候到了，今天拍賣會的重頭戲——藍星上最珍貴的原石將要隆重登場！」

與此同時，那羣可疑的銀斗篷們簇擁着首領走上台去。

咦，他們這是要做甚麼？該不是來鬧場的吧？

場內眾人的心中都冒出這樣的疑問，布布路四人更是嚴陣以待。

出人意料的是，銀斗篷們只是如同訓練有素的軍人一般，一絲不苟地分立在左右兩側，為首的神祕人不緊不慢地從斗篷裏拿出一個通體烏黑的漆盒，小心翼翼地捧在手裏。

眾人都好奇地伸長脖子，紛紛猜測盒子裏裝的東西。

「白鷺導師不是說今天的拍賣會有泰坦原石亮相嗎？難道這些人就是賣主？」餃子猜測道。

「難怪主辦方對他們那麼恭敬！」賽琳娜贊同地點點頭。

神祕人慢慢地抬起右手，場內眾人的目光全都隨着他的動作而轉動，只見他揭開盒蓋，露出了神祕寶貝的真面目，居然只是一塊看起來普通的錐形黑石頭。

「黑石頭？」布布路一臉莫名其妙。

「哇——」

「是真正的泰坦原石！了不起啊！」

全場在靜默了一秒之後，沸騰起來，驚叫聲此起彼伏。

「從顏色和材質來看，是泰坦原石沒錯！」識貨的賽琳娜也發出由衷的驚歎。

餃子失望地聳聳肩膀：「真是少見多怪，我看這塊泰坦原

石加工之後是不可能出現像布布路的那塊金盾一樣的金色紋路了！檔次差太遠了！」

看着眾人痴狂的表情，布布路摸了摸口袋裏的金盾，原來爺爺給的破石頭那麼了不起啊！

突如其來的大混戰

負責主持的老頭興奮得連氣都喘不匀了，尖聲高叫道：「大家請看，這可是產自魔都奧古斯的泰坦原石！貨真價實！市面上絕對找不到比這更純正的泰坦原石了！相信大家都知道，近十年來泰坦原石變得相當稀缺，黑市上每克拉的金盾價格早就超過了十萬盧克，就算有再多的盧克也未必能收到真正的泰坦原石！今天的各位來賓真是太有福氣了！大家千萬不要錯過，下次再見到這樣好的泰坦原石還不知道要等到甚麼時候……」

在主持人賣力的鼓吹下，會場上競投的鈴鐺聲不斷，密集程度令人瞠目結舌，就連布布路也沒法分辨了。

「好，結果已經出現了，恭喜這位買家……」

老頭的恭賀還沒說完，只聽劈里啪啦幾聲巨響在會場四角炸開，一股股嗆人的濃煙迅速擴散開來，十幾個黑影趁亂躍了上台。

「甚麼人？」

「哇啊 ——搶劫了——」

「咳咳咳咳……」

一片混亂中，眾人被嗆得眼淚直流，驚慌失措地向外逃跑。

　　布布路四人連忙召喚出各自的怪物，四不像一爬出棺材，就橫衝直撞，不見了蹤影。

　　濃煙限制了大家的視野，四人的攻擊也變得毫無章法！

　　藤條妖妖的藤鞭明明是衝幾個黑影去的，卻通通落到了那些四處逃竄的富商身上，把他們抽得鼻青臉腫，哀號連連。餃子在旁心驚地直捂着胸口，大喊「完了」。

　　賽琳娜命令水精靈發動水柱攻擊，幾股衝擊力極強的水柱將前方的那些富商，連同主持人老頭一起給沖得老遠，他們栽了個跟斗，哆哆嗦嗦地趴在地上，一動也不敢動。

　　賽琳娜背過身去吐舌頭，糟糕，闖禍了！

　　「嗷──」會場上方傳來了巴巴里金獅的咆哮，帝奇跨坐在金獅背上，冷冷地看着下面好些人都被瞬間震暈了。

　　布布路雙手握拳奮力揮動，想衝上台去護住泰坦原石，但奇怪的是，不管他怎麼用力，右腿都好像灌了鉛一樣，抬也抬不起來。他不解地低頭一看，不由得嚇了一跳，一個披着銀斗篷的肉球狀生物纏住了他的腳。

　　「喂喂喂，你是誰啊？放手！你這樣抱着我的腿，我沒法動了！」

　　可就算布布路用力拉扯，抱着他大腿的神祕人就是不鬆手，反而愈抱愈緊。

　　「糟糕！」眼看幾個黑影打算趁亂逃跑，布布路心一橫，全身的力量都集中在腿上。一抬腿，神祕人就變成了空中飛球，掃過之處，黑影連着無辜的人盡數倒下。

　　「哈！這個新武器真不錯！」布布路頗為得意。

而掛在布布路腿上的傢伙就慘了！他既是武器又是沙包，一邊肩負着「橫掃千軍」的攻擊任務，一邊還要忍受來自四面八方的拳打腳踢，那滋味……簡直生不如死！

　　就在大家奮力與搶奪原石的傢伙們對抗的時候，四不像卻一臉輕鬆地坐在拍賣台上，抬着鼻孔四下張望，還不停發出「布魯布魯」的叫聲。

　　原來打從一開始，它就敏捷地躥到了台上，直奔掉落在地的泰坦原石。因為它抱着泰坦原石，所以非但不需要參與戰鬥，反而引來一大羣人的保護。那些代表政府的治安所官員，本身實力不強，為了不讓壞蛋們得逞，就用人海戰術把四不像圍了個水泄不通，四不像只需偶爾舉起泰坦原石，用一記重錘應付一下漏網之魚！

沒過多久，混戰「圓滿」落幕，壞人全都被抓住了。唯一令人遺憾的是，整個會場也隨之變得面目全非。

　　主辦方終於歇斯底里地咆哮起來：「我請你們來是為了保護拍賣會順利進行的！不是讓你們來拆我的台！我要投訴你們，投訴你們！」

　　賽琳娜尷尬地將水精靈收回到怪物卡裏。

　　帝奇依然騎在巴巴里金獅背上，面無表情地看着主辦方的臉色由紅轉青。

　　「不管怎麼說，我們成功保住了泰坦原石，嘿嘿！」餃子厚着臉皮辯解道。

　　「哼！」主辦方氣得火冒三丈，怒氣衝衝地離開了。

　　「您好走，不送！」餃子還想補救，獻媚地在後面狂揮手。

　　賽琳娜突然皺起眉頭，疑惑地問：「咦，你們看到布布路去哪裏了嗎？」

怪物大師成長測試

這是成為怪物大師的必經之路！！！

尊敬的讀者：現在你跟隨布布路一起踏上了成為怪物大師的道路！向所有的困難發起挑戰吧！

第7站●盛況空前的原石拍賣會●

MONSTER MASTER ♣ LOVED DREAMERS ♣

 Q01 在一場拍賣會上，你希望自己是下面哪種人呢？

A. 熱情洋溢的主持人

B. 黑衣墨鏡的保安人員

C. 大財團的財主

D. 保證拍賣會公正舉行的公證員

E. 藏在暗處的搶奪者

 【解答】

A. 主持人＝手拿麥克風的人，可想而知，你是麥霸，你的表現欲極強，哎呀，偶爾也給別人一次機會嘛！（7分）

B. 黑衣黑褲啊，你是看中這套造型才選的吧？（1分）

C. 嘿嘿，有錢才買得起寶貝，大家想到一塊兒去了。（3分）

D. 哎呀，你選了公務員的職位啊，那麼要趕快補充專業知識啦！（5分）

E. 地球人已經無法阻止你的邪惡了。（9分）

完成這個測試後，你可以得到一隻屬於自己的怪物！

測試答案就在第四部的 202，203 頁，不要錯過哦！！

沉睡的泰坦巨人之城

MONSTER MASTER 2

新世界冒險奇談

第三站 STEP.03

王子殿下的尊貴邀約

MONSTER MASTER 2

神祕人的驚人身份

「咦，他們都去哪兒了？」布布路困惑地看了一圈周圍，空蕩蕩的，除了自己，就是還死抱着自己大腿的神祕人。

哎呀呀，大概是追打壞人太投入了，不知不覺就跑到了一個陌生的地方。

「嘰嘰嘰嘰……」

好像有甚麼東西在叫，聲音離得很近，布布路抓了抓後腦勺，努力思考到底是甚麼東西來着！

「喂！」好不容易回過神來的神祕人忍不住提醒道：「你是不是帶着卡卜林毛球，快接啊！」

「啊！」布布路這才反應過來，急忙從口袋裏掏出一個毛球似的玩意兒，果然那東西正扯着嗓子嘰嘰亂叫。

出任務前，賽琳娜就特別向布布路介紹過，卡卜林毛球是藍星上一種一胎雙生的生物，只有巴掌大小，全身毛茸茸的，只有一張嘴巴。因為同胞雙生的兩隻毛球之間可以傳遞聲音，也沒有串線的情況，所以卡卜林毛球也成了藍星上最常用的通信工具。

只是，大姐頭說這東西要怎麼用來着？

可憐的小毛球抖着嗓子快叫啞了，布布路都沒想起來具體的使用方法。

神祕人實在看不下去，放開布布路的大腿，從地上爬起來，手指頭勾了勾，讓布布路把卡卜林毛球給他：「看好，要這樣用力地捏它……」神祕人將小毛球握在手中，一捏之後，再攤開手掌，小毛球便變大了許多，嘴巴也一下子張得老大。

「哇噢──太神奇了！讓我也捏捏看……」布布路興奮地朝毛球伸手。

「不能捏！現在是通話狀態，要是你再捏一下，它就會變小，通話就結束了！」神祕人趕緊制止。

「真有趣，給我給我，讓我先試試看！」布布路勇於嘗試的興致讓神祕人的額頭滾下了一滴冷汗。

「住手！布布路，我警告你不許亂捏！不會用卡卜林毛球就算

了，居然還敢給我瞎搞，你是活得不耐煩了對吧？」

卡卜林毛球裏傳來賽琳娜的怒吼，布布路的手好像觸電一樣縮了回去，還心有餘悸地背到身後。

「呃，大姐頭還是那麼凶巴巴的……」布布路對神祕人使了個眼色，讓他把那隻毛球拿得離自己遠一點。

「你說甚麼？」賽琳娜一聲暴喝，布布路立刻乖乖閉嘴。

「對了，布布路，你在哪裏啊？」餃子的聲音插了進來。

「我也不知道自己在哪裏。」布布路與神祕人對看了一眼，又趕緊補充道：「不過你們不用擔心，我現在是跟……」他猛地想起，自己還不知道對方是誰呢！

「你是誰呀？」布布路衝神祕人挑挑眉頭。

神祕人翻下罩在頭上的帽兜，將右手舉到胸口，對布布路彎了彎腰，有禮貌地說：「我是奧古斯的皇族第一繼承人，圖蘇王子。」

「甚麼？奧古斯的皇族繼承人？圖，圖蘇王……王子殿下！」毛球的嘴巴誇張地大開大合，賽琳娜的聲音也瞬間拉高了八度：「奧古斯是傳說中的魔都奧古斯嗎？天哪，你居然和王子殿下在一起，太令人不敢相信了！」

似乎意識到自己的失態，毛球那邊的賽琳娜壓低了嗓音，柔聲細語道：「布布路，快告訴我你們在哪兒，我們這就過去接你。」

賽琳娜假惺惺的聲音讓布布路不由得起了一身雞皮疙瘩，一邊打着寒顫一邊描述完周圍的景物……

夢想幻滅！為甚麼是胖子？

短短幾分鐘後，賽琳娜渾身閃着期待的耀眼光芒，率先出現在布布路的面前。

只是當她看到傳說中的王子殿下時，眼睛裏的小星星瞬間暗淡下去，手指顫抖地指着圖蘇王子，向布布路質問道：「這是誰啊？」

「他就是圖蘇王子啊！」布布路疑惑地看着臉色愈來愈難看的賽琳娜。

王子不應該是金髮碧眼，騎着一匹白馬的超級美少年嗎？

可眼前這一位⋯⋯長得實在太富態了吧！那圓滾滾的胖臉，圓滾滾的大肚子、圓滾滾的手臂和大腿，他分明就是個圓滾滾的綜合體！對了，還是不小心臉上帶了幾塊烏青的殘次品！

「他該不是冒充的吧？」賽琳娜再次從頭到腳打量了一遍胖子，可是胖子麂皮絨背心上精緻的手工繡花，昂貴

的寶石裝飾，稀有的黑水晶腰帶，無不顯示出其尊貴的身份。他臃腫的體形和那件搶眼的銀色斗篷更讓人一看便知他就是那個拍賣泰坦原石的傢伙。

賽琳娜絕望了，她心底那一點點有關王妃夢的少女情懷通通破滅了！她一把拽起布布路的衣領，將他拖到一邊丟在地上，狠狠踩下去：「都是你，都是你到處亂跑，害我擔心，還我的少女夢⋯⋯」

「布魯！布魯！」四不像幸災樂禍地在邊上蹦來蹦去，被它抱在懷裏的可不就是那塊泰坦原石。

「他們這是⋯⋯」胖王子被賽琳娜的暴力行徑嚇到了，遲疑地看向餃子和帝奇。

「王子殿下不必介意，這是他們之間的友愛相處方式。」餃子隨口胡謅。

胖王子居然相信了，樂呵呵地笑道：「他們這樣還蠻有趣的……對了，請教一下各位的名字和身份，我看你們都帶着一隻厲害的怪物。」

被堂堂奧古斯的王子如此親切地對待，餃子心中頓時燃起熱情的火苗，積極地介紹道：「王子殿下，其實我們都是摩爾本十字基地的怪物大師預備生，我們身邊帶的都是來自時空盡頭的怪物。我叫餃子，我的怪物是藤條妖妖。這位是帝奇，他的怪物是非常稀罕的巴巴里金獅。那邊的女孩叫賽琳娜，她的怪物是水精靈。我們的怪物平時都待在怪物卡裏。」說着，餃子掏出自己的怪物卡向胖王子展示。

「哇！」胖王子眼睛發亮地盯着怪物卡看了又看，隨即他的目光移向帝奇身邊的巴巴里金獅，不解地問：「那它不需要待在卡裏嗎？」

「需要，但不喜歡。」帝奇雙手抱胸，冷冷地給出了一個令人一知半解的答案。

餃子擔心帝奇的態度會得罪王子殿下，趕緊繼續介紹道：「那位是布布路，王子應該已經知道他的名字了吧？而他的怪物……」餃子指向四不像：「就是它！長得有點對不起觀眾，而且脾氣不太好，吃東西的口味又兇殘，它之前還把要裝它的怪物卡給吞了！王子您最好不要靠近它。」

聽到自己被提起，四不像目露凶光地瞪過來，胖王子害怕

得嚥了嚥口水，試圖轉移話題：「那你們為甚麼來參加拍賣會呢？我看你們一直站在最後面。」

餃子清清嗓子，給自己歌功頌德的時候到了：「我們其實是接了基地指派的重要任務 —— 保護拍賣會的安全。王子，您看，我們不僅成功制伏了那些壞人，還將那麼重要的泰坦原石給保住了！」

「關於這一點，我真是非常感謝你們！」王子說着，想伸手去拿四不像懷裏的泰坦原石。

哪知道，四不像往邊上一閃，惡劣地衝他吐吐舌頭，一副「這是我的東西，你不准搶」的霸道樣！

這下子尷尬了，餃子又不敢自己去抓四不像，只好大聲吆喝：「布布路，來管管你家的怪物！」

賽娜琳一抬腳，布布路就刺溜一下躍過來，追着四不像去搶泰坦原石。

心情終於平復下來的賽琳娜走過來，問出自己最感興趣的事：「圖蘇王子，我曾經在書上看過有關 S 級的怪物泰坦巨人的資料，它是不是真的存在於你們的國家？」

「提到泰坦 —— 在我們奧古斯的偉大歷史傳說中，泰坦巨人就猶如神明一般，它是我們一族最為深刻的信仰。但是到了現在……我只能遺憾地說，我們國家沒有怪物大師，大家對於怪物的事幾乎一無所知，所以泰坦巨人的英雄故事也漸漸被大家遺忘了。」胖王子惋惜地長歎了一口氣。

原來奧古斯沒有怪物大師，也沒有泰坦巨人了啊！賽琳娜跟

着歎氣。

餃子則覺得奇怪：「那泰坦原石呢？它不是從泰坦巨人身上取下來的嗎？」

胖王子不由得哈哈大笑起來：「叫泰坦原石是一種噱頭，其實我們國家有原石的礦穴，只是開採這種原石極為不容易，我國又有法令不允許國民私下販售原石，所以泰坦原石才沒有在市面上大量流通。這次為了和北之黎政府締結友好條約，我才帶着原石來參加拍賣會。」

餃子與賽琳娜相互看看，那搞砸了原石拍賣會的他們，是不是也等於影響了友好條約的締結……哎呀，糟糕了！

「圖蘇，給，你的泰坦原石！」布布路好不容易從四不像的爪子底下把東西搶了回來，可憐自己的手背上又多了一道爪印，四不像還在他背後手舞足蹈地叫囂。

「真是太感謝你們了。」胖王子朝大家行了個禮，誠懇地邀約道：「請問各位有興趣去奧古斯遊歷嗎？我們國家風景秀麗，物產豐富，美食更是一絕。我希望我的國民們能見識一下各位的怪物，或許他們中會有人對怪物大師感興趣，到時我的國家就可以更強大……」

哇啊啊，被王子殿下邀請去傳說中的魔都奧古斯了！

誰會放過那麼好的機會啊？當然去！四人意見一致。

布布路拉着四不像的爪子轉了個圈，開心地歡呼道：「嘿嘿，我們要去奧古斯嘍！」

沉睡的泰坦巨人之城

MONSTER MASTER 2

新世界冒險奇談
第四站 STEP.04

魔都奧古斯
MONSTER MASTER 2

空中的龍首船

「王子殿下，您沒事吧？」遠遠地，一羣銀斗篷跌跌撞撞地
跑了過來。

「他們是我的侍衛隊。」胖王子一邊向布布路四人說明，一
邊優雅地抬起手，朝那羣銀斗篷揮手，示意自己安然無恙。

在得知是布布路他們出手救了王子殿下後，這羣侍衛立刻
向四人表達了最深切的感激之情，並恭敬地將他們請到了一艘
雕刻着威武龍頭的大船前面。

「各位，請登船。」圖蘇王子伸手比畫了個請的手勢。

「哇哇哇哇！」

布布路和四不像毫不客氣地一路大叫着跑上船，直衝着龍頭而去，一人一怪物還在那邊爭搶踩上龍頭迎風而立的位置！

唉，真丟人！餃子三人假裝沒看到，胖王子卻好笑地拍了拍手，示意起航。

船身兩側彈出了兩排類似螺旋槳的船翼，巨大的船帆迎風鼓動，整艘船像脫離重力般飛快地升到了半空中。

「哇！飛起來了！飛起來了！」布布路張開雙臂，興奮地看着陸地上的建築愈來愈小。

四不像也站在他背後的棺材上面，「布魯布魯」地吼個不停。

餃子無奈地歎了口氣：「唉，他一定是第一次坐飛船，王子殿下請不要在意。」

「飛船？」胖王子愣了一下，詫異地盯着餃子，盯得餃子面具底下的臉不自在地抽了抽。

「這是『龍首船』中的極品，比一般的飛船速度快多了。」帝奇冷哼道。

不懂裝懂的餃子一不小心露了馬腳，連忙尷尬地附和道：「是啊，是啊，這船速度真快。」

胖王子寬容地笑了笑，詳細地介紹道：「這條龍首船的確有些不同，它的龍骨是由飛龍的脊椎骨製成的，船身兩側的船翼上還安裝了一千塊風石，所以它的飛行速度會比一般的飛船快出五倍。」

飛龍的脊椎骨、一千塊風石……噢噢噢！王子殿下使用的交通工具果然是價值不菲！

餃子狡猾地轉動眼珠子，盤算着，待會兒要是能找機會偷偷扒一塊風石下來，可就賺到了！

龍首船一路向琉方大陸的北面飛行，越過大片荒無人煙的戈壁灘後，便是一望無際的沙漠。圖蘇王子介紹，奧古斯就在這片沙漠中。

布布路四人都忍不住開始幻想：魔都奧古斯到底是座甚麼樣的都城？裏面會有甚麼好看的、好吃的、好玩的呢？

世界第一富有的國家

落日的最後一抹餘暉消失在天邊，夜色漸漸濃黑，月亮也慢慢升上天幕，胖王子突然指着前方一處巨大的黑影說：「看，那就是奧古斯，我們快到了！」

大伙兒立刻擠到船頭，就見一座宏偉都城的輪廓霍然出現在眼前。

「侍衞官，聯繫主城，打開信號燈。」胖王子一聲令下，船底打出數道強光，照向那座都城。布布路他們也因此看清楚了奧古斯的模樣——

黃澄澄的沙漠中，豎立着一道高高的城牆，城牆包圍着巍峨連綿的山嶽，一座富麗堂皇的宮殿屹立在山頂，乳白色的建築物在月色下反射出妖異的湛藍光芒，更添一絲魔幻般的魅力。

「原來如此啊，在茫茫的沙漠中突然出現一座山林繁茂的城市，的確是很獨特呢！」餃子摸着下巴，故作老成地評論道。

「哇啊！那，那不是普通的城牆啊！那城牆……是黑金色的！」賽琳娜難以置信地指着都城的外牆連連驚叫。

黑金色的城牆有甚麼特別嗎？布布路的腦袋裏冒出了一個大大的問號。

餃子整個人仿佛被雷劈中，一邊劇烈地顫抖着，一邊結結巴巴地問：「那……那城牆該不是……該不是由金盾鑄造的吧？那……那無與倫比的黑金色光澤……哦，哦……不會錯的，是金盾吧！」

「是的！」胖王子微笑着點頭。

「哇啊！」餃子腳步一晃，抱着巴巴里金獅的腦袋，一副要昏過去的樣子。

他誇張的反應自然惹來了帝奇的鄙視。

「整面城牆都用金盾鑄造，那要消耗多少金盾啊？而且一金

盾等於十萬盧克……」賽琳娜扳着手指頭開始算：「那是億、千億、萬億……這已經是無法計算的價值！奧古斯豈不是世界上最富裕的城市！」

餃子的雙腿又狠狠抖了一下，靈魂仿佛都出竅了，一下子癱倒在巴巴里金獅的背上，嘴裏不住地唸叨：「好有錢，好有錢，好有錢……」

帝奇火大地一巴掌把餃子拍到地上：「不要隨便抱着別人的怪物流口水，太噁心了！」

餃子渾然不覺地倒在地上，眼中只有大把大把的盧克在飛舞：「要是能把奧古斯據為己有，簡直是死而無憾了……」

「是啊……大概看過這景色的人都會這麼想吧……」胖王子的瞇瞇眼睜開了一條細縫，用輕不可聞的聲音說道。

所有人都被這座神祕的魔都震撼了，只有一個人的肚子不合時宜地發出了咕咕的聲音。

「呃……我肚子餓了！」布布路揉了揉癟癟的肚子。

「布魯布魯！」四不像附和着，在甲板上跳來跳去。

聽布布路這麼一說，大家的肚子也紛紛唱起空城計。

胖王子爽朗地大笑道：「各位，我們這就進城去。」

咻！龍首船飛快地向下俯衝，穿過了城牆中央的巨大拱門。

「我們已經通過了第一道正門。」圖蘇王子肩負起導遊的責任，指着前方排列成行的拱門解說道：「要進入奧古斯的都城必須經過十一道拱門，它們分別象徵着正義、勇敢、仁慈、堅忍、勤奮、忠誠、慷慨、明智、寬容、謙虛、誠實這十一項珍貴的品格。當初我們的祖先希望後世的皇族都可以擁有這樣的品格，所以建造這十一道充滿寓意的拱門，希望能夠時刻提點我們。」

「怪不得圖蘇王子您看上去那麼優秀，原來是一直守着祖訓啊，了不起！真是太了不起了！」餃子討好地連聲讚美。

胖王子謙虛地擺擺手：「不不不，我沒有那麼優秀，還有許多地方需要努力。」

賽琳娜背過身去，偷偷嘀咕道：「的確，至少還需要好好減一下肥！」

「對了，我們國家還有一個悠久的傳說。」圖蘇王子拖着長腔，神祕兮兮地說：「據說，奧古斯還存在着一道神祕的拱門，歷史上稱其為『第十二道暗夜之門』。古諺裏提到，穿越第十二道暗夜之門的人，便能成為新世界的神！」

「哇哦哦哦哦 —— 那第十二道暗夜之門在哪裏啊？神很了不起嗎？比怪物大師焰角‧羅倫更厲害嗎？」布布路的腦中瞬間浮現出一個高大威嚴的形象。

胖王子努力回想了一會兒，慢慢解釋道：「記得，以前我聽人說過，傳說在第十二道暗夜之門後隱藏着某種巨大的能量，憑藉這種能量就能夠成為新世界的神！不過很可惜，誰也不知道第十二道暗夜之門究竟在哪裏。」

「原來沒人知道啊……」布布路惋惜地歎了口氣。

砰 —— 就在這時，一聲雷鳴般的爆炸響起，轉移了布布路的注意力。

當龍首船穿過第十一道拱門時，這座城市仿佛從沉睡中蘇醒過來，禮炮齊鳴，燈火通明，人們的歡呼聲不絕於耳，一派熱鬧繁華的景象。

龍首船鏗然落地，胖王子熱情地邀約布布路四人走上已經鋪好的紅地毯：「歡迎你們來到奧古斯，請好好享受我們國家最高等級的盛宴！」

怪物大師成長測試

這是成為怪物大師的必經之路！！！

●第四站●魔都奧古斯●

MONSTER MASTER

尊敬的讀者：現在你跟隨布布路一起踏上了成為怪物大師的道路！向所有的困難發起挑戰吧！

Q02 如果你撿到了泰坦原石，你會如何做？

A. 這麼難得一見的寶物，當然要好好珍藏！

B. 焦急地等在原地，準備還給失主。

C. 拿到黑市賣掉！

D. 甚麼破石頭，不稀罕，扔了！

E. 交給警察叔叔。

【解答】

A. 你喜歡收藏的本性真是甚麼時候都不會變啊！（3分）

B. 點頭，丟東西的人該有多急啊，何況還是這麼貴重的東西！（1分）

C. 喂！你這個貪財鬼，拾金不昧你肯定是不懂的。（5分）

D. 你是想顯示自己有錢，還是與眾不同呢？（9分）

E. 嗯，比起自己找失主，當然警察更有經驗！（7分）

完成這個測試後，你可以得到一隻屬於自己的怪物！

測試答案就在第四部的 202，203 頁，不要錯過哦！！

沉睡的泰坦巨人之城
MONSTER MASTER 2

新世界冒險奇談
第五站 STEP.05

連桌宴席的陰謀
MONSTER MASTER 2

奧古斯的待客之道

鮮嫩多汁的小牛肉、熟爛可口的烤土豆、焦香皮酥的烤雞腿、翠色欲滴的新鮮蔬菜⋯⋯一盤盤香氣四溢的菜擺滿了桌子，而桌子是一張連着一張，一直從街頭擺到街尾。

「噢噢噢噢 ——」所有人都驚歎起來。

布布路覺得自己的眼睛都不夠用了，口水嘩啦啦地止不住。四不像更是迫不及待地撲向一隻肥嫩的烤鴨，一口撕下那層焦脆的鴨皮，吃得滿嘴流油。

胖王子熱情地解說道:「在我們奧古斯,凡是來了貴客,每戶人家都會拿出一道自家的特色菜,然後舉國上下就會共同舉行最高等級的盛宴——連桌宴!各位務必盡興!」

那還用說?

「肉,肉,肉……」布布路一手抓着一大塊烤羊排,一手舉起一大串還在嗞嗞作響的烤香腸,一股腦兒地往嘴裏塞去。

四不像不甘示弱地咧開大嘴,將一盤菜直接倒進肚去。

「咻,咻!」布布路兩手拿着的肉突然不翼而飛了。

「哎,我的肉呢?」布布路茫然四顧。

原來賽琳娜將那些肉食全部丟給了巴巴里金獅,卻將一大盤蔬菜推到了布布路面前,嚴肅地說:「肉和蔬菜要搭配吃才有營養!」

「大姐頭,不要啊啊啊……」布布路連連哀號,他愛吃的是肉,這些慘綠慘綠的東西可不可以拿開啊?

「哈哈!原來你和我一樣是肉食主義者啊!」胖王子就像遇到了知音,拿着一大把肉串跑過來,要和布布路分享。

幾個橘子砸過來,這些肉串再度被賽琳娜沒收!她沒好氣地瞪了胖王子一眼:「王子殿下,為了您的健康着想,請您注意多吃蔬菜和水果!」

胖王子只好和苦着臉的布布路湊到一起乖乖啃橘子。

賽琳娜滿意地點點頭,轉頭又對窩在角落裏啃胡蘿蔔的帝奇說:「豆丁小子,你要是總不肯吃肉的話,一定長不高的!」

個子小而被忽視的帝奇因為賽琳娜的這句話引來了許多奧

古斯人的關注。尤其是那些上了年紀的婦人似乎特別喜歡他，呼啦一下子將他團團圍住，這個疼愛地捏捏他的臉，那個憐惜地招招他的胳膊。

「多可憐的孩子啊，肯定很多天沒吃飽飯了吧？」

「來來來，這個烤蜥蜴肉好吃，多吃點……」

帝奇皺了皺眉，滿臉不耐煩，剛想開口說不用了，他的嘴巴就猛地被塞進一大塊泛着油光的肉，害他差點兒被噎到。

餃子一邊豪飲美酒一邊春風得意地說起故事：「我啊，曾經在一個月黑風高的夜晚，找到過傳說中的食屍獸！知道甚麼是食屍獸嗎？其實它就是生在地底下的一種大型鼴鼠。嘿嘿，我可是整個琉方大陸上唯一看過它真面目的人！」

餃子愈說愈來勁，牛皮也愈吹愈大，圍在他身邊的小姑娘們不時地發出一聲聲驚呼，小孩子們更是一個勁兒地想要擠到他面前，巴不得離這位「曠世英雄」近一點，再近一點！

連桌宴就在這樣熱熱鬧鬧的氣氛中繼續着。一個個空盤子被收走，同時一盤盤飄香的菜餚又源源不斷地被端上桌。

夜更深了，布布路的上下眼皮開始打架，不知不覺間咬着一隻雞腿進入了夢鄉。賽琳娜打了個哈欠，頭一歪，靠着布布路的肩膀睡了過去。連帝奇也放鬆了警惕，慢慢地合上了眼睛。

咚 ——最後，餃子一頭栽倒在桌上，呼呼大睡起來。

垃圾堆裏的噩夢

迷迷糊糊間，布布路有了一種奇怪的感覺……

自己好像被五花大綁綁起來了，還被無數螞蟻馱着……

要命了，前面地上那個黑魆魆的大洞不會是螞蟻窩吧？

這個洞穴很深很深，彌漫着一股難聞的酸臭味道。

媽呀，下面居然全是死屍！

那些巨大的螞蟻正在啃那些臭掉的屍體……好噁心哦！

「咯咯咯……終於有新鮮肉了，咯咯咯……」它們說話了，它們爬過來了，它們要吃了我嗎？

「哇──」布布路滿身是汗地坐了起來。

還好只是個噩夢。

布布路剛鬆了一口氣，一股讓人作嘔的衝天臭氣就鑽進了他的鼻子，布布路定睛一看，四周沒有屍體，也沒有螞蟻，只有一大堆「琳琅滿目」的垃圾？

「噁──這是哪裏啊？」

布布路揉了揉眼睛，胃裏一陣翻江倒海。

他剛剛不是還在開心地參加連桌宴，怎麼醒過來就到了一個臭氣熏天的垃圾場呢？

嗡──嗡──幾隻骯髒的綠頭蒼蠅繞着他飛舞。布布路一巴掌拍過去，蒼蠅們狡猾地四散而逃。

啪──啪──又是幾聲打蒼蠅的聲音。

布布路回頭一看，賽琳娜、帝奇和餃子同樣一臉迷茫地從

垃圾堆裏鑽了出來，咦，好像還有一個專愛惹是生非的傢伙不見了……

「四不像……四不像不見了！」布布路一聲驚呼，讓三個同伴清醒過來。

「呀——這是甚麼鬼地方！」賽琳娜發出了一聲足以引起雪崩的尖叫，出生在富商之家的她可是個地地道道的大小姐，而現在她昂貴的衣服和心愛的手工盔甲上居然滿是污垢，渾身上下都臭烘烘的。

相較之下，帝奇就冷靜多了，他輕輕一躍，站到一處較高的廢舊水管上，就着這裏昏暗的光線尋找起出路。

餃子好不容易把自己的辮子從垃圾堆裏拔出來，這才懊惱地歎了口氣：「失算了失算了！這次我們被人算計了！」

「甚麼意思？你知道發生甚麼了？」賽琳娜咬牙切齒地問。

餃子點點頭沉聲講述起經過：「連桌宴吃到一半的時候，我突然察覺到那些酒菜裏面都下了迷藥，不過已經晚了，我自己吃了不少，腦袋暈乎乎的，四肢也開始發軟……敵眾我寡，我們又在奧古斯的地盤，與其打草驚蛇提醒大家，我決定將計就計，看看對方葫蘆裏到底賣的是甚麼藥！」

「那後來怎麼了？四不像又到哪兒去了呢？」布布路急切地追問道。

餃子示意他不要激動，繼續往下說道：「宴席的後半，我一直在裝模作樣，並沒有再往肚裏吞東西。等你們睡着後，我也假裝倒下。於是——我看到了對我們使詐的傢伙！」

「是誰？」布布路氣憤地揮了揮拳頭。

帝奇和賽琳娜對視一眼，已經猜到了七八分。

「是圖蘇王子！他派手下對我們搜身，把我們的怪物卡摸走了，而四不像也被他們用繩子綁走了。接着他們就把我們四個運出城區，丟進了一個長長的通道。最後我們就掉到這裏來。」餃子的語氣一轉，自嘲地說：「難怪他仔細地詢問了我關於怪物卡的事。這次真是棋差一着！騙子被騙子騙了！」

賽琳娜翻遍了身上所有的口袋，如餃子所言，怪物卡不見了！她備受打擊地跪坐在垃圾堆裏，再沒心情理會她的衣服了。

帝奇的臉色陰沉得可怕，眼裏透出一絲駭人的殺意。餃子

三人開始試着用心聲召喚怪物們，可是一無所獲……

　　殘酷的真相讓布布路難受極了，心裏就像被一個鐵錘狠狠地敲了一下。那些人明明看上去都很友好的樣子，真的是在騙他們嗎？尤其是圖蘇王子，還以為能和他成為好朋友呢……

　　還有，四不像那傢伙不會遇到甚麼危險吧？它脾氣差，討人嫌，那些人會不會氣得把它大卸八塊啊？原本就不擅長思考問題的布布路腦子裏一下子堆滿了問題，頓時雙眼翻白地短路了。

　　這時，一陣窸窸窣窣的聲音從四面八方傳來，伴隨着貪婪的嗤笑聲在黑暗中迴盪：「食物！嘻嘻……食物來了！太好了，嘻嘻嘻……」

　　一股不祥的預感襲上心頭，四人立刻警惕地望着周圍。

　　窸窸窣窣的聲音愈來愈明顯，有甚麼東西從那些黑黢黢的通道裏「爬」了出來，很快就將四人團團包圍住了！

沉睡的泰坦巨人之城

MONSTER MASTER 2

新世界冒險奇談

第六站 STEP.06

垃圾堆裏的學者

MONSTER MASTER 2

衝擊的真相！最富有的窮人國

　　骯髒惡臭的垃圾場裏，甚麼東西在蠢蠢欲動！

　　一團黑影掠過，賽琳娜的腳下傳來一種奇異的觸感，有甚麼東西抓住了她的腳踝！

　　「呀啊啊啊 ——」賽琳娜驚恐尖叫，拚命踢動雙腳：「走開！走開！不要碰我！」

　　大伙兒低頭一看，不知何時他們的腳底下居然匍匐着無數具衣衫襤褸的「骷髏」！

這些「骷髏」用貪婪的目光在布布路他們身上掃來掃去，乾癟的嘴脣嚅動着，從嗓子眼裏發出咕嚕咕嚕的聲音，一個個全都伸長着骨瘦如柴的雙手，慢慢地從垃圾堆裏爬上來！

帝奇的眼中閃過一道犀利的光芒，手指間赫然多了一把暗器。

就在他打算解決衝在最前面的幾具「骷髏」時，布布路突然大叫着阻止了他：「帝奇，別動手，他們是人！」

與其說是「骷髏」，不如說這是一羣「餓鬼」！

他們個個骨瘦如柴、面色蠟黃，看起來嚴重營養不良。

這些餓得只剩一層皮包骨頭的人仍在搖搖晃晃地靠過來，目光緊緊地黏在布布路他們身上，分明把他們當成了食物！

「你想等着他們把我們啃掉嗎？」帝奇冷冷地斜了布布路一眼。

這時，一個人影不怕死地撲過來，在帝奇甩出暗器之前，對方用手指沾了帝奇衣服上的食物碎屑，往嘴巴裏塞去：「嘖嘖，好吃！太好吃了！」

原來這些「餓鬼」的目標只是他們身上的食物殘渣！

四人呆呆地看着「餓鬼」們爭先恐後地撲上來，搶奪殘留的那一點點食物碎屑，然後仿佛品嘗甚麼美味佳餚一樣，津津有味地吮吸着手指。

咔咔咔咔——

一陣刺耳的金屬敲擊聲從一處通道裏傳來，沉迷在「碎屑美食」中的人們頓時安靜下來，目光齊齊望向那個聲音的出處。

　　咔咔咔咔 ——難聽的金屬摩擦聲愈來愈響，愈來愈近……

　　這回又是甚麼鬼東西要出來了啊？布布路四人的心再度提到了嗓子眼。

　　微弱的光線晃動着，照亮了布布路他們的視線，原來是一個提着破舊風燈的瘸腿大叔啊！因為他斷掉的左腿被金屬支架替代了，所以走路時才會發出金屬摩擦的聲音。

　　「你，你們是誰？」看到瘸腿大叔和「餓鬼」們站到了一起，賽琳娜警惕地喝問。

　　「孩子們，抱歉嚇到你們了，我們並不是甚麼可疑的人，我們是奧古斯的城民！」瘸腿大叔雖然頭髮蓬亂、衣裳襤褸，嗓音卻很洪亮，舉手投足也頗有氣勢。

　　「騙人！奧古斯可是琉方大陸上最富有的國家，城民怎麼可能待在這種地方，還弄成這麼一副鬼樣子？」之前才見識過奧古斯的繁榮昌盛，賽琳娜表示自己可沒那麼好糊弄。

　　「對！光是那面由金盾鑄造的城牆，就足以養活幾十個國家了！」餃子補充道。

　　「哈哈哈，最富有？」瘸腿大叔仿佛聽到了一個天大的笑話，嘲諷地說：「沒錯，這裏是世界上最富有的窮人國！」

　　布布路四人面面相覷，事情好像變得愈來愈詭異了。

　　「我知道你們有很多疑問，不過這裏不適合談話，跟我來！」也不等布布路他們回應，瘸腿大叔就轉身一拐一拐地走了。

　　餃子三人誰都沒有動，經過這一系列莫名其妙的事，他們可不敢再輕信任何陌生人。

只有布布路毫不猶豫地跟了過去。

「算了，與其毫無頭緒地待在這裏，不如跟去看看吧！」餃子三人只好無奈地追了上去。

魔都的來歷

瘸腿大叔帶着四人走到通道盡頭，那裏嵌着一扇生鏽的圓形金屬門。

瘸腿大叔吃力地擰開金屬門上的環形把手，門打開了，布布路他們不由得屏住了呼吸。

只見整個房間除了一張簡陋的木板牀，其他地方都堆滿了書。這些書大小不一、種類迴異、有新有舊，橫七豎八地堆疊在一起，幾乎連讓人下腳的地方都沒有。

賽琳娜和餃子交換眼神，他們對瘸腿大叔的身份產生了好奇。

甚麼樣的人才會在垃圾場裏建立一個書籍收藏室呢？

為了尋找線索，賽琳娜不動聲色地挑了兩本書閱讀，然而她發現上面的文字都是藍星的上古文字，自己根本看不懂。

三個男生也各自散開。餃子嬉皮笑臉地與瘸腿大叔攀談，帝奇找了個相對比較乾淨的地方休息，布布路則是好奇地穿梭在這些稀奇古怪的書本中，這邊瞧瞧，那邊看看。

突然，布布路像是發現了甚麼，猛地抽出一本書，朝賽琳娜喊道：「大姐頭，快看這本《奧古斯傳奇》，和之前四不像吞掉

的那本珍藏版好像啊！也是那個甚麼黑鯛寫的⋯⋯」

　　賽琳娜立刻放下手邊看不懂的書，擠到布布路身邊來，結果她只看了一眼封面，就激動地叫了起來：「天哪，真的是黑鯛眼睛老學究出的書！」

　　「這裏還有。」帝奇低聲道。

　　果然在他坐的地方集中堆放了許多黑鯛眼睛老學究的作品，有些甚至是賽琳娜聞所未聞的孤本。

　　餃子的腦海中瞬間閃過一個念頭，脫口而出道：「大叔你不會就是黑鯛眼睛老學究吧？」

「沒錯，我就是黑鯛。」瘸腿大叔爽快地承認。

眾人的嘴巴一個個張得都可以放下十個雞蛋了。

「你真的是那個上知天文下知地理的著名學者？」親眼見到自己崇拜已久的學者，賽琳娜還是有些不敢相信。

黑鯛摸着長長的山羊鬍，笑道：「小姑娘，你太抬舉我了！我只是比別人多看了點書，然後把先人的智慧借鑒過來，寫進了自己的創作裏而已。」

賽琳娜搖搖頭，真誠地說：「不，是您太謙虛了，我拜讀過

您的許多作品，每一本都需要花費巨大的精力，查閱諸多資料才能完成。」

「大叔原來這麼厲害啊！」聽大姐頭這麼一說，布布路也對這位瘸腿大叔肅然起敬。

餃子立刻湊上前去，趁熱打鐵地說：「我說嘛，一開始我就覺得大叔跟別人不一樣，看來我的眼光一點沒錯！黑鯛大叔，看在我們四個都是您的忠實粉絲的分上，請您務必幫幫我們！」

黑鯛臉色凝重地問：「你先說說看，希望我怎麼幫忙？」

餃子立即口若懸河地說道：「其實我們是來自摩爾本十字基地的怪物大師預備生，一個自稱圖蘇王子的傢伙把我們帶到奧古斯，結果他不僅騙走了我們的怪物，還把我們丟到這裏。您能不能幫我們把怪物找回來，再給我們指條明路，好讓我們安全地離開這裏？」

黑鯛重重地歎了口氣：「你們的怪物應該是落在尼尼克拉爾的手裏了……你們要想再把怪物找回來幾乎是不可能的。」

「尼尼克拉爾是誰？」對於這個突然冒出來的陌生名字，布布路沒有好感。

「尼尼克拉爾對於奧古斯來說，簡直是一場噩夢！」

黑鯛仿佛陷入了深遠的回憶中，慢慢地敍述起來：

數千年前，那時奧古斯還是一個遊牧民族，經常受到周邊國家的欺凌，人們經常被迫遷徙，居無定所，生活苦不堪言。直到第七代首領在一次偶然的情況下遇見了物質系的 S 級怪物——

泰坦巨人。泰坦十分欣賞首領的氣度，認為他是一個了不起的勇者，得知首領為奧古斯民族的漂泊無依而苦惱後，泰坦主動要求與他締結生死契約，並承諾庇護他以及他的子民千秋萬代。

後來，在泰坦的庇護下，奧古斯迅速富強起來，逐漸壯大成一個國家。依靠泰坦的神奇力量，奧古斯成為一個可以移動的國家！今天它可以漂浮在海上，明天它就可以隱匿在丘陵間，這種神出鬼沒的位置變動讓世人震驚不已，於是便賦予奧古斯「魔都」之稱。

「噢噢噢噢噢！奧古斯果然有泰坦巨人！」聽到這麼神奇的事，布布路激動極了，不過他的插嘴換來了賽琳娜一個警告性的白眼。

但布布路仍然按捺不住地問道：「那奧古斯可不可以懸浮到空中去呀？」

「布布路！閉嘴！」作為黑鯛忠實粉絲的賽琳娜咬牙切齒地做出二次警告。

「呵呵，讓一座都城懸浮在空中應該是不可以的，但誰知道呢！」被兩個孩子之間的互動逗樂了，黑鯛表情複雜地笑了笑，隨即又沉痛地歎息道：「可惜奧古斯人和平快樂的生活並沒有維持太久，之後琉方大陸上爆發了一場大混戰，許多國家被捲入其中，奧古斯也不可避免地被迫參與進去。那位首領最後戰死沙場，泰坦也因為重傷倒下了……」

聽到這裏，布布路四人的眼中流露出難過的神色。

　　黑鯛傻是要安慰他們，又像是要給自己找點慰藉，繼續說道：「有傳言說，泰坦的倒下並不是死亡，它只是陷入了沉睡……但奧古斯從此被困在沙漠裏，再也無法隨意移動。由於沙漠不適合耕種和放牧，所以國民只能依靠開採和買賣泰坦原石為生。」

　　黑鯛忽然話鋒一轉，充滿憤恨地說：「本來還算富足的生活在十年前結束了！一個叫尼尼克拉爾的男人發動了一場殘酷的政變！這個恐怖的男人僅憑一人之力就打敗了三萬禁衛軍，一夜之間控制了整個奧古斯。」

　　「天哪，他竟然那麼厲害！」布布路發出一聲驚歎，隨即就收到了三個同伴鄙夷的目光，立即自我反省地搖搖頭：「但他是壞人！壞人一定會被打敗的！」

　　「不，那個男人是戰無不勝的！因為他的力量已經步入了神的領域，但他的心卻墮落到了地獄的最底層！」黑鯛無奈又仇恨地說。

　　「但壞人就是壞人啊！我爺爺說過，正義到最後一定會戰勝邪惡，面對愈厲害的壞人，就愈要挺起胸膛，決不能表現出一絲一毫的怯懦，不然到最後你不是輸給那個壞人，而是你自己！」布布路理所當然的話給大家帶來了極大的震撼，原本心中的不安好像正悄悄轉變成一種鬥志昂揚的能量。

　　如果正面決鬥不行，其實也可以想別的辦法……總之一定要把自己的怪物奪回來！餃子摸着下巴開始算計。

　　「想要從尼尼克拉爾手上奪回怪物可不是簡單的事……」察

覺到孩子們蠢蠢欲動的表情，黑鯛接着說道：「尼尼克拉爾掌權後就開始限制國民的出入，還將所有人都變成了奴隸，勒令他們去開採泰坦原石。為了獨攬原石，他還囚禁了所有懂得切割原石煉造金盾的工匠，專門為他服務。剩下那些不能幹活的老人和孩子則被逐出都城，如同老鼠一樣藏身在這個骯髒的垃圾場裏，靠着從垃圾裏揀取一丁點兒的殘羹冷炙為生。除此之外，一些得了重病無法繼續為尼尼克拉爾賣命的可憐人也會被丟進垃圾通道，掉到這裏來等死……」

「可惡！可惡！尼尼克拉爾這個人實在太可惡了！」布布路的心中燃燒起熊熊怒火。

賽琳娜和帝奇也深有同感地想揍飛那個天殺的暴君！

餃子的腦筋一轉，奇怪地問：「既然如此，你們為甚麼不離開這裏？」

黑鯛頹喪地說：「從垃圾場到奧古斯城外的沙漠必須通過三道暗夜之門，而每道暗夜之門前都駐守着尼尼克拉爾的黑爪軍團，我們這些老弱病殘的人根本打不過這支強大恐怖的軍團……」

「黑爪軍團一共有多少人？每道暗夜之門前的戰鬥力怎麼分怖？」知己知彼才能擬訂作戰方案，餃子希望收集到更多有用的信息。

沒等黑鯛開口，外面突然傳來了驚慌失措的叫喊聲：「救命啊！救命啊！黑爪……黑爪軍團攻過來了！」

怪物大師成長測試

Q03 假如你很崇拜的著名大作家忽然出現在你面前，你會做出以下哪種舉動？

A. 尖叫着撲上去，抱住不撒手！

B. 迅速掏出本子和筆，請他簽名！

C. 內心激動，表面平靜地說：「您好，我是您的讀者……」

D. 深沉地與他探討書中的內容，並自顧自地提出意見和建議。

E. 太過羞澀，於是默默離開。

A 【解答】

A. 你就是讓偶像們聞之色變的瘋狂粉絲吧！（1分）

B. 很好，你一切正常，是理智型的好粉絲。（3分）

C. 我說，你這樣淡定的表現會讓作家覺得自己原來沒有那麼受歡迎啊！（7分）

D. 你的自我意識真的太頑強了，其實你真的沒有在崇拜那個作家吧！（9分）

E. 你……唉，喜歡就要行動起來，不然你一輩子都只能窩在角落裏畫圈圈哦。（5分）

完成這個測試後，你可以得到一隻屬於自己的怪物！

測試答案就在第四部的 202，203 頁，不要錯過哦！！

這是成為怪物大師的必經之路！！！

尊敬的讀者：現在你跟隨布布路一起踏上了成為怪物大師的道路！向所有的困難發起挑戰吧！

MONSTER MASTER

第六站 ● 垃圾堆裏的學者 ●

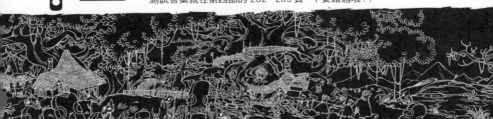

沉睡的泰坦巨人之城
MONSTER MASTER 2

新世界冒險奇談
第七站 STEP.07

不可思議的回歸
MONSTER MASTER 2

不好了，「黑爪軍團」來襲

　　門外的驚叫聲此起彼伏。

　　黑鯛難以置信地說：「不可能的……尼尼克拉爾不可能派黑爪軍團來攻打垃圾場，他根本只是把我們當下水道裏的老鼠，除非……」

　　黑鯛猛地轉向布布路他們：「是為了來抓你們？」

　　餃子的眼中閃過一道精光，立刻否定了黑鯛的猜測：「不可能！既然你說我們的怪物是被尼尼克拉爾搶走了，而我們又被扔

到垃圾場，那意味着我們對尼尼克拉爾來說已經變成了廢物，他又為甚麼要特地派軍團來抓我們？」

「也許他改變主意了，覺得你們還有用！總之我們先出去看看吧！」黑鯛帶着四人匆匆往垃圾場趕去。

情況看起來糟透了！

布布路他們從通道高處往下看去，黑壓壓的人羣覆蓋了臭氣熏天的垃圾場。瘦弱的人們正瘋狂地攻擊着位於包圍圈內的敵人，木棍、彎曲的掃帚、生鏽的鋼管都被當成了武器！周邊的老人們撿起腳邊的垃圾就往裏扔，還有幾個小孩衝着裏面吐口水！

「打它！打死它們！這些可惡的黑爪軍團……」

「對！一定要好好教訓它們！這些尼尼克拉爾的走狗！」

……

這些人雖然餓得皮包骨，但一個個都不甘示弱地想要衝

到最前面，可見他們對黑爪軍團恨之入骨。

　　混亂中，布布路他們努力想要看清楚黑爪軍團的真面目，無奈塵土飛揚、光線晦暗，人影又不停晃動，甚麼都看不清！

　　「布魯！」

　　一個耳熟的聲音傳來，布布路欣喜地叫道：「四不像！我聽到四不像的叫聲了！」

　　「是它，我看到它在亂跳！」餃子指着一個時不時從人羣裏冒出來的髒兮兮的暗紅色身影。

　　而四不像旁邊似乎還有另一個高大的身影？

　　帝奇焦躁起來，他瞇起眼睛，想要看個清楚。

　　「糟了！一定是黑爪軍團在追捕逃出來的四不像！我們快去

幫忙！」賽琳娜焦急地推了推三個男生，心裏惦記着自己的水精靈說不定也在那裏。

布布路四人不顧黑鯛的勸阻，迅速地突入包圍圈。當他們看清形勢後，全都傻眼了。

這些人對抗的「黑爪軍團」居然是四不像和巴巴里金獅？

灰頭土臉的四不像一看到布布路，便嗷嗷亂叫着躥過來。

還在納悶的布布路赫然發現旁邊有人高舉一根鐵棍要往四不像頭上砸去，趕緊一個箭步衝上去，將四不像護在懷裏！

咚！一聲悶響，布布路感到身上一震，回頭一看，就見那根鐵棍斷成兩截掉落在地上，看來爺爺的棺材又救了他一次！

四不像生氣地「布魯布魯」叫着想要告狀，可惜這些奧古斯人表現出比它更強烈的憤怒，一副想跟他們拚命的樣子！

帝奇的臉色陰沉到可怕，冷冰冰地質問道：「是誰傷了我的巴巴里金獅？」

就見巴巴里金獅全身血跡斑斑，皮毛底下有數不清的傷口，鮮血沾得帝奇滿手都是。

別說這些奧古斯人了，連布布路三人都沒見過帝奇這麼殺氣騰騰的樣子，簡直就像一個冷血的殺人娃娃。

眼尖的布布路發現帝奇手中出現了兩道銀色的蛛絲，那玩意兒雖然看上去很細，但切開金屬就跟拿菜刀切西瓜一樣，更何況他想對付的是這些活生生的人……

賽琳娜下意識地拉住了布布路的手，餃子則緊張地吞了吞口水，大家都感覺到危機一觸即發！

「別動手，都別動手！鄉親們，聽我說，這兩隻怪物不是黑爪軍團，它們是屬於這幾個孩子的！」黑鯛威嚴有力的聲音從後面傳來，奧古斯人紛紛為他讓道。

幾個腿軟發虛的奧古斯人更是將手上的蹩腳武器往地上一扔，結結巴巴地說：「不，它們身上的傷不是我們弄的！誤會……是誤會！」

「的確，這麼重的傷，不可能是他們造成的。」餃子仔細看了看巴巴里金獅身上的傷口，肯定地說。

巴巴里金獅叼着一張怪物卡，一瘸一拐地靠過來，蹭了蹭一直冷着臉的帝奇。

帝奇接過怪物卡後，俯身抱了一下金獅，然後迅速將奄奄一息的金獅收進了怪物卡裏。

「四不像，你來說，到底發生了甚麼事？是誰把你們弄成這樣的？為甚麼只有你和巴巴里金獅在這裏，水精靈和藤條妖妖呢？」賽琳娜焦急地抓過四不像，也不管自己是不是聽得懂它的話，連珠炮般發問道。

「布魯 ——」

四不像仰頭朝着垃圾場外發出一聲怒吼。布布路像是突然明白了：「它好像在說想要揍扁尼尼克拉爾……」

四不像猛地瞪大銅鈴般的眼睛，狠狠地點了點頭。

「甚麼？他在說要揍……揍尼尼克拉爾嗎？他們哪來這麼大的膽子？」

「他們身邊不是帶着怪物嗎？難道他們是怪物大師嗎？」

「是很厲害的怪物大師吧！不然被尼尼克拉爾抓走的怪物是不可能重新回到主人身邊的……」

聽了布布路的話後，人羣騷動起來。

即使是神，也要打倒！

黑鯛渾濁的眼球閃過一絲異彩，他激動地抓住布布路的手，誠心地懇求道：「拜託你們！請救救我們吧！」

「哈啊？」突如其來的求助把布布路給弄糊塗了。

「請你們一定要打倒尼尼克拉爾，拯救奧古斯的人民！」黑鯛急切地指着四不像說：「這麼多年以來，從沒有哪個怪物能夠突破上面的八道暗夜之門和黑爪軍團從尼尼克拉爾手中逃出來，你們的怪物卻辦到了！而且它毫髮無損，更揚言說要揍扁尼尼克拉爾……它，它一定是神級的怪物品種！」

「噢噢噢 ——奧古斯有救了啊！」

「原來這隻怪物這麼了不起啊！我們真是有眼不識泰山啊！」

四不像誇張地挺着肚子，仰起下巴，打鼻子裏發出哼哼唧唧的聲音，理所當然地接受奧古斯人崇拜的目光和讚歎。

「我猜是巴巴里金獅保護着四不像逃出來的，所以它才受了這麼重的傷！」餃子推斷道。畢竟巴巴里金獅曾經可是 A 級怪物，戰鬥經驗豐富，雖然因為帝奇的關係現在降為 C 級，但實力依舊不容小覷。

這才是正確的解釋！布布路衝四不像努努嘴，示意它不要

丟人現眼了！四不像氣惱地伸出爪子，抓向布布路……

砰！帝奇一拳頭砸在生鏽的鐵管上，所有人都安靜了。

四不像高舉的爪子也僵在原地不敢動彈了。

「說，黑爪軍團到底是一支怎樣的軍團？」看帝奇陰冷的表情就知道他在想要怎麼給金獅報仇。

「那是一支由怪物組成的軍隊！尼尼克拉爾之所以能掌控整個奧古斯，就是因為他獲得了一種可怕的能力——可以不限數量地控制沒有跟他簽訂契約的怪物！不過由於奧古斯沒有怪物大師，於是他指派手下千方百計地引誘怪物大師進城，然後通過各種卑鄙的手法奪走並控制他們的怪物，擴充他的黑爪軍團。」黑鯛連忙一五一十地交代道。

「難怪你們把四不像它們也當成了黑爪軍團。」布布路恍然大悟地說。

「那就是說，沒有逃回來的水精靈和藤條妖妖還在那個卑鄙的傢伙手裏？」賽琳娜咬牙切齒地握拳。

「布魯！」四不像聳着兩個大鼻孔，用力地點點頭。

「看來我們無論如何都要去那裏走一趟了，只是……」想到之前那麼多怪物大師被搶了怪物都無能為力，那個尼尼克拉爾必然很厲害，餃子有些猶豫了。他們只是四個怪物大師預備生，有能力救回自己的怪物嗎？

「好嘞！我們這就去打倒那個壞蛋，決不讓他再欺壓這些可憐的奧古斯人！」布布路興奮地摩拳擦掌，躍躍欲試。

餃子頭痛地看着布布路，這小子這麼招搖，周圍這些奧古

斯人投在他們身上的炙熱目光簡直可以蒸蛋了！

「喂，其實仔細想想，雖然大家都把尼尼克拉爾說得那麼厲害，但既然巴巴里金獅能護着四不像逃回來，可見他也未必有傳說中那麼強大無敵。」賽琳娜樂觀地安慰大家。

「即使他真的是神，也沒甚麼好怕的！」帝奇冷冷地說。

「帝奇說得對，即使是神，也要打倒！」布布路興奮地搭上帝奇的肩膀，卻被毫不留情地頂開了。

餃子看着這三個鬥志昂揚的同伴，無奈地認命道：「好吧，我們去！」

酸臭的垃圾堆裏，頓時爆發出一陣最熱烈的喝彩。

黑鯛從懷裏掏出一張簡易的地圖，指着上面的幾條路線向四人介紹道：「我們現在所處的垃圾場是在第三道和第四道拱門之間，要去宮殿必須經過八道拱門。我想，經過四不像它們的逃脫事件，現在各處的守衛應該更森嚴了。」

「那不是比登天還難？」餃子面具後冷汗冒個不停。

「不過就算你們現在想要離開奧古斯也是不可能的！」黑鯛補充道：「奧古斯四周是茫茫的沙漠。如果沒有龍首船，不出三日，你們就會因為缺水和食物死在沙漠裏。而這些必需品都在尼尼克拉爾的手裏。」

「大叔你這是在告訴我們，除了硬着頭皮上，我們根本沒有其他選擇，對吧？」餃子不動聲色地接過地圖，同時不死心地想着，也許沒必要正面衝突，一定有甚麼方法可以騙過那些黑爪軍團……

新世界冒險奇談

第八站 STEP.08

十年前的通緝令

MONSTER MASTER 2

是真是假？另一個圖蘇王子

　　在奧古斯人的熱烈歡送下，布布路四人整裝待發。

　　「等等！」一個瘦弱的少年忽然跳出人羣，大聲地喊道：「我要和你們一起去討伐尼尼克拉爾！」

　　「就憑你？」餃子打量着少年輕蔑地搖搖頭。

　　少年皮膚慘白，腿細得就像蘆葦稈，一看就是長期營養不良，說不定沒走幾步路就會倒下，讓他跟着來豈不是只會增加負擔！

「是的！」少年整了整破爛的衣襟，昂首挺胸道：「就憑我特殊的身份 —— 我乃奧古斯皇族的第九十九代繼承人，名叫圖蘇……」

「不會吧？他是王子？」

「圖蘇王子不是十年前就失蹤了嗎？」

奧古斯人驚訝得竊竊私語起來。

「喊，怎麼又來一個王子？你們奧古斯的特產不會就是『圖蘇王子』吧！」賽琳娜沒好氣地哼了一聲。

餃子連口舌都懶得浪費，直接繞過少年往前走。

「你們怎麼可以對我這麼無禮？我真是圖蘇王子！」少年急得一把抓住餃子的辮子。

餃子頭皮一痛，扭過頭，在大家以為他要發火的時候，他卻慢條斯理地拿回自己的辮子，斜眼看着少年道：「有個詞叫『口說無憑』，你拿甚麼來證明自己的身份？」

少年迅速地從破舊不堪的外套裏摸出一樣東西，高傲地舉起：「看清楚，每個皇室成員從出生後都會一直戴着這樣一隻耳環，它是奧古斯皇族的象徵。」

「哇！那是珍貴的冰晶石做的！」

「噢噢噢 —— 是皇族的耳環！」人羣中爆出陣陣驚呼。

餃子的眼睛都看直了，那隻閃閃發亮的耳環一看就價值不菲！他吞了吞口水，半信半疑地說：「就算你有這隻耳環，也不能證明你就是圖蘇王子⋯⋯也有可能是你偷來的！」

少年的臉上出現了憤怒的神情：「我才不會偷東西呢！你不要血口噴人！」

「他說得沒錯，我們沒法相信你！讓開！」帝奇不耐煩的眼神似乎將少年當成是胡攪蠻纏的廢物。

少年嘴脣顫抖，仿佛受了莫大的委屈，忽然他好像想起了甚麼，轉身往回跑，一邊跑一邊叫：「你們再等一下！我還有東西可以證明！」

「別理他，我們走！」餃子拉了拉滿頭霧水的布布路。

「可是，他說自己是圖蘇王子？

那之前邀請我們來奧古斯的那個胖王子呢?他們倆都是圖蘇王子嗎?」布布路撓着後腦勺,一個問題接一個問題。

餃子頭疼了:「胖王子是假的!至於那個少年……不管是真是假都與我們無關!」

「請各位等一下!」這一次,黑鯛擋到了他們前面:「我也想知道圖蘇王子是不是還活着……」

就在這時,少年氣喘吁吁地跑了回來,將一張皺巴巴的紙往餃子懷裏一塞。

餃子低頭一看,頓時驚了:「通緝令?還是懸賞一百萬盧克的通緝令?」

這張泛黃的通緝令上印着一個年幼的男孩,金色的頭髮,藍色的眼睛,戴着那隻象徵皇族的冰晶石耳環,舉止神態神氣活現,甚是可愛!

「這是十年前尼尼克拉爾發出的通緝令,通緝的人就是奧古斯皇室的王子,也就是我!」少年指着自己認真地說。

布布路他們反復用通緝令對照少年,從鼻子、眉毛到眼睛,再看那頭金髮,真的很像,不由得他們不相信。

賽琳娜滿意地點點頭:「我就說嘛!王子就應該是金髮碧眼的英俊少年。」

原來她還沒忘記自己的少女夢,三個男生默然無語。

「是真正的王子殿下!」

「圖蘇王子!原來圖蘇王子還活着!」

「哇!奧古斯的希望啊!」民眾都激動起來。

淚流滿面，王子的決心

看到眾人都信服了，圖蘇王子滿懷希望地看着布布路四人：「現在你們可以帶我一起去討伐尼尼克拉爾了吧？」

「不行！」餃子依然搖頭：「王子殿下，恕我直言，您的個人素質並不適合去攻打尼尼克拉爾，不如您就留在這裏等待我們勝利的好消息。」

的確，這個王子瘦弱成這樣，大概一拳頭就能把他打得吐血身亡！要是他真有甚麼三長兩短，奧古斯人還不追在他們屁股後面索要王子的性命！

「放心，我不會成為你們的累贅！」圖蘇王子拍了拍自己的胸口，無畏地說：「這十年來，尼尼克拉爾一直沒放棄追捕我。若是我和你們同行的過程中出了問題，你們可以把我獻給他來換取你們的怪物！這個交易還合算吧？」

「甚麼呀！我們才不會做這麼卑鄙的事呢！」布布路一口否決。

「王子殿下，你要當視死如歸的英雄，也別拖着我們當壞人！」賽琳娜擺出大姐頭的姿態教訓道，而帝奇只是再度發出一聲冷哼。

圖蘇王子羞愧地低着頭，輕聲道：「我不是這個意思……」

餃子摸了摸臉上的狐狸面具，冷靜地問道：「您那麼執着地要跟我們去討伐尼尼克拉爾是出於甚麼原因？如果是為了奪回政權的話，等我們打敗了尼尼克拉爾，您再站出來說明自己是王子，不是更安全嗎？」

「不，我必須親自去！」圖蘇王子激動地打斷道：「當年尼尼克拉爾發動政變，從城牆一路殺至皇宮，所過之處沒有一個倖存者。連剛出生的嬰兒都不放過，四處血流成河。」

「我那時還小，卻永遠記得宮殿燒成了一片火海，到處都是毛骨悚然的尖叫聲，不斷有人在我面前倒下。父王帶着侍衞奮力抵抗，以爭取更多的時間讓大家逃跑。我被嚇壞了，在絕望的恐懼之下，我暈了過去……」回憶起往事，圖蘇王子的臉上滿是淚水，眼中更是有仇恨的光芒在跳動。

「嗚嗚，好可憐，那你後來是怎麼逃出來的？」布布路用力吸鼻子，跟着哭得稀里嘩啦。

周圍的奧古斯人也因為想起了那場恐怖的政變而跟着悲傷起來……

「等我醒來，已經是深夜了。城裏一片死寂，大火熄滅了，那些打打殺殺的人也不見了。我戰戰兢兢地從一堆屍體中爬出來，漫無目的地跑着。最後掉進了一個大坑，來到了這片垃圾場，遇到了這些逃到或被趕到這裏的人。」圖蘇王子一把抹掉臉上的淚水，堅毅地說：「這十年來，我只能眼睜睜地看着我的人民在這片垃圾場裏過着飢寒交迫的生活，很多人痛苦地死去。所以我在心裏發誓，總有一天，我一定要親手讓尼尼克拉爾付出代價！」

「你放心，我們一定剷除那個壞蛋！」布布路感動地拍了拍王子的肩膀。

賽琳娜也淚光閃閃地看着圖蘇王子。

「別哭了!要去就快走!」帝奇的口氣仍然不好,但誰都看得出來他已經接受圖蘇王子作為同行者了。

「你們、你們同意帶我去了嗎?」圖蘇王子激動得說話都不利索了。

「當然,我們現在是同盟了!」餃子恭敬地對王子伸出手。

其餘三人也都伸出手,與圖蘇王子緊緊握在一起。

黑鯛移動起那隻金屬支架的腳,指了一條小道:「我送你們一程!」

「祝你們一路平安!」奧古斯人飽含期待地目送着這五個年紀尚小的「英雄」離開了⋯⋯

疑惑,黑鯛的祕密通道

布布路一行人在通道裏愈走愈遠,為首的黑鯛突然停下腳步,遲疑地說:「孩子們,其實⋯⋯我知道有一條通往宮殿的密道。」

「哇哇哇!不愧是黑鯛大叔!了不起啊!居然知道去宮殿的密道!」布布路的稱讚讓黑鯛不自在地挪開目光。

而餃子則警覺地瞇起眼,若有所思地盯着黑鯛看。

「笨蛋!從一開始,他就沒相信過我們!若不是這個王子跳出來硬要加入我們,他根本就不打算說出密道的事。」帝奇毫不留情地揭穿了黑鯛的心思。

一想到他們原本準備冒着生命危險去硬闖八道暗夜之門,

賽琳娜的臉色也變得十分難看。眼前的人真的是那個正義又智慧的學者嗎？奧古斯該不是個「騙子國」吧？

「抱歉，我是有苦衷的⋯⋯」黑鯛說着，指向天花板上一個骯髒的垃圾通道口：「你們從這裏爬上去，沿着扶手一直往上就可以到達宮殿了。」

大家嫌惡地看着那條臭烘烘的垃圾通道，肥碩的老鼠正忙碌地爬上爬下。

迎上孩子們將信將疑的眼神，黑鯛從懷裏掏出一個卡卜林毛球，慎重地交給了餃子：「請你把這個拿好，萬一遇到危險情況，可以用它聯絡我安排在宮殿中的祕密接頭人。」

餃子遲疑地接過毛球。

黑鯛長長地歎了口氣，聲音很低卻很真誠地解釋道：「這個接頭人好不容易才安插到尼尼克拉爾的身邊，密道是我們兩人的祕密，不到萬不得已，我真的不想把他暴露出來！因此之前隱瞞了密道的事⋯⋯但現在我把一切都託付給你們，請你們一定要打敗尼尼克拉爾，和圖蘇王子一起平安歸來。」

「請相信黑鯛先生！他是奧古斯最偉大的學者！只是可恨的尼尼克拉爾太過狡詐，才使得黑鯛先生總是需要謹言慎行，為奧古斯人留一條後路。」圖蘇王子誠懇地表達了自己的看法。

布布路感動得握住黑鯛的手：「大叔，一直以來你辛苦了！」

餃子眼珠子骨碌碌一轉，妥善地收好毛球：「好吧，看在大叔這次把老本都掏出來的分兒上，我們自然會小心行事！朋友們，出發！」

「好耶！」作為開路先鋒的布布路身先士卒地準備往通道裏鑽，咚的一聲，他的棺材一不小心把通道口撞出了一個凹槽。

「喂，布布路，你別那麼毛躁！」賽琳娜叉腰擰他耳朵。

「你的棺材……」黑鯛匆匆上前，用長滿老繭的手摸了摸那口棺材，臉上露出難以置信的神色：「如果我沒猜錯的話，你的棺材應該是由一大塊金盾打造而成的！據我所知，奧古斯幾乎從未流出過這麼大的金盾，用來做棺材就更罕見了，而且它做工考究，看上去非常有歷史。你是怎麼得到這個寶貝的啊？」

甚麼？金盾打造的？餃子三人愕然地看着這具又大又礙事的棺材，心想：這小子的爺爺究竟是甚麼人啊？

「哇！真的嗎？這是爺爺給的。」布布路本人也嚇了一跳。因為爺爺從沒提過棺材的來歷，他只知道這棺材用來當行李箱非常結實，但怎麼也沒想到它是這麼了不起的東西！

「難怪黑鯛先生說你們是打倒尼尼克拉爾的希望！」圖蘇王子也用崇拜的目光看着布布路。

卡在通道口的布布路不好意思地撓撓頭，最後被早就等得不耐煩的帝奇一掌推了上去。

「孩子們，一路上注意安全。」

黑鯛目送五人噌噌地往通道深處爬去，心裏暗暗猜測起來：這個背着棺材的孩子看起來就像從鄉下來的野孩子，大大咧咧、一副不諳世事的樣子，然而他身上卻帶着這麼值錢的東西，還擁有一隻神奇的怪物……

黑鯛摸了摸鬍子，也許他們真的能創造奇跡。

怪物大師成長測試

這是成為怪物大師的必經之路!!!
●第八站●十年前的通緝令●
尊敬的讀者：現在你跟隨布布路一起踏上了成為怪物大師的道路！向所有的困難發起挑戰吧！

 Q04 如果你的怪物被力量強大的對手暴打了一頓，你會怎麼辦？

A. 既然是力量強大的對手，那我只好忍氣吞聲了。

B. 哼哼，敢動我的怪物，那就等着被我用陰招收拾吧！

C. 報仇！敢打我的怪物，就是在打我！拚了命也要報仇！

D. 糾集朋友組團去報仇。

E. 分析對手的弱點，強化自己的能力，等待時機成熟，一舉攻下對方！反正君子報仇十年不晚。

A 【解答】

A. 唉，你那麼膽小，以後你的怪物要怎麼辦啊？（5 分）

B. 你這個陰險的傢伙！果然不容小覷啊！（9 分）

C. 你很講義氣，視怪物為手足。但還是必須提醒你一句，凡事不可急躁，此為大忌！（1 分）

D. 有時候依賴集體的力量也是一種拖人下水的表現，你要想好再行動哦！（3 分）

E. 你是聰明人……只是你也太冷靜了吧，要知道是你的怪物被打得鼻青臉腫了哦！（7 分）

完成這個測試後，你可以得到一隻屬於自己的怪物！

測試答案就在第四部的 202，203 頁，不要錯過哦！！

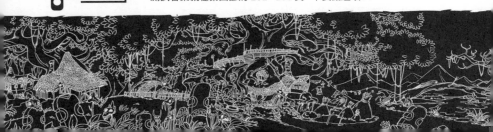

新世界冒險奇談

第九站 STEP.09

罪惡的深黑礦井

MONSTER MASTER 2

地獄！通道的另一邊

「天哪！這是甚麼啊……太噁心了！」

鏽跡斑斑的垃圾通道裏傳來賽琳娜忍無可忍的抱怨聲，一羣很久沒見到活物的蒼蠅歡快地圍着他們嗡嗡作響。

「大姐頭，再忍一忍，應該很快就到了！」布布路捏着鼻子安慰她。

此時，四不像正舒舒服服地躺在他背後的棺材裏打盹兒。

咚！烏漆抹黑中，布布路的頭突然撞到了一個硬硬的東西。

看來他們終於爬到了通道盡頭！五個人不禁舒了一口氣。

布布路伸手向上探去，觸到了一個圓圓的鐵蓋子，他用力一推，蓋子卻紋絲不動。

「不會打不開吧？」賽琳娜一刻都不想再待在這種鬼地方了。

「可能生鏽了，你再用點勁看看。」圖蘇王子接口道。

布布路抓緊嵌在牆壁裏的扶手，將全身的力量集中在右拳上，一擊之下，頭頂上的鐵蓋子哐噹一聲被打飛了。

布布路剛探出半個腦袋，一陣腥臭的熱風便撲面而來。倏地，一個黑色的東西飛速衝了過來，他趕緊又縮回到通道裏。

「完了完了，被發現了！」餃子有點後悔讓急性子的布布路打頭陣。

大家心驚地等了一分鐘，並沒有聽到任何動靜，帝奇示意布布路再上去看看。

「奇怪，這裏……不太像是宮殿……」布布路發出了呆呆的聲音。

通道裏的四人依次爬出，就見他們所在的地方是一層一層向內凹陷的巨大圓形深坑，一條自動索道架在深坑中間，連通了每一層的坑道，不計其數的推車在索道上咔咔地來回運行着……

餃子定睛一看，車上裝的都是人們夢寐以求的泰坦原石，剛剛飛過布布路頭頂的正是一塊成色極好的原石，那美妙的黑金色光芒令餃子渾身一震，整個人定格成了一尊淌着口水的雕像。

「你們看那些人!」賽琳娜難以置信地摀住了嘴巴。

原來每一層的坑道上都密密麻麻地擠滿了人,這些人黑乎乎的、髒兮兮的,幾乎要和坑壁融為一體。

他們的手腳上都鎖着粗粗的鐵鏈,每個人的腳鏈全都連在一起。也許是為了防止這些人逃跑,腳鏈還被深深地固定在坑壁間。

這些人全都神色麻木,對突然闖入的布布路一行似乎視若無睹……

「難道這裏是關犯人的大牢?」布布路同情地看着這羣衣衫襤褸,面黃肌瘦的人們。

圖蘇王子一臉沉痛地說:「不,比大牢更可怕!這裏應該是尼尼克拉爾開採泰坦原石的深黑礦井,他們是比犯人地位更低的奴隸。」

賽琳娜再度環視四周,不解地說:「一般礦石開採都需要巨大的機械吧,但這裏並沒有啊!」

「泰坦原石是藍星上已知最堅硬的物質,一般的工具是無法開採的,所以金盾才如此珍貴稀少,他們肯定用了某種特殊的方法。」帝奇邊說邊走向距離最近的那個奴隸。

「是的,開採泰坦原石是件異常殘酷的工作,需要付出巨大的代價。」圖蘇王子心酸地指了指那個奴隸的手。

只見那個奴隸正拿着一瓶綠光閃閃的溶液,小心翼翼地將溶液滴入泰坦原石周圍的石縫間,溶液很快滲了進去。溶液滲入的地方,泰坦原石開始鬆動起來,接着便能用普通工具將泰

坦原石剝離下來。但同時，原石間的溶液會滴落在他的手上，溶液接觸到的部分立刻皮開肉綻，鮮血滴滴答答地淌下來，但那人好像毫無意識的機械人一般重複着同樣的動作。

「他……他感覺不到痛嗎？」賽琳娜鼻子一酸，不忍心再看下去了。

圖蘇王子悲憤地說：「垃圾場裏曾有人在深黑礦井裏工作過，我聽說這些溶液有很強的腐蝕性，長期使用，他們的手不僅傷痕累累，連痛感也消失了……但傷口的破壞卻會殘留在人身上，不斷地開裂，更嚴重的雙手將殘廢！這時，尼尼克拉爾就會將他們扔到垃圾場自生自滅。」

「尼尼克拉爾實在是太過分了！」親眼看到這如同人間煉獄般的場景，布布路恨不得現在就一拳把那個壞蛋給打趴下。

救援大行動

「我一定要救他們出去!」圖蘇王子堅定地向那羣人走去。

「王子殿下,且慢!」餃子眼明手快地拉住圖蘇王子,低聲道:「擒賊先擒王,您別忘了,我們的首要任務是去討伐尼尼克拉爾!」言下之意是讓圖蘇王子先忍着,不要節外生枝地惹麻煩。

圖蘇王子哪裏聽得進去,一把甩開餃子的手,義正詞嚴地嚷道:「他們是我的子民,我有義務解救他們!」

布布路也出聲附和:「我爺爺說過,為弱者贏得生存空間才是真正的強者之道,我覺得我們應該救這些人!」

「對!如果我們對這些人的痛苦視而不見,那和尼尼克拉爾又有甚麼分別!」賽琳娜也站到了布布路身邊。

餃子面具底下的狐狸眼精明地轉了轉，說道：「我並不是不想救他們，但你們看，這裏那麼多奴隸，卻連一個看守者都沒有，說明尼尼克拉爾確信他們逃不掉……這裏面一定有玄機！」

布布路和圖蘇王子環視周圍，果然如餃子所言。

「所以說，還是等打敗了尼尼克拉爾，再來解放這些人比較好！」餃子滿意地下結論。

誰知一直沒出聲的帝奇舉起手，指着上方，平靜地說：「我想玄機就在那裏！」

昏暗中，隱約可見礦井的上方有甚麼東西。

布布路一蹦三尺高，高興地彙報：「哇，有個紅色的機關把手！」

「不，不會這麼簡單！」餃子懷疑地說：「誰會故意留下開鎖的機關，還特意塗成紅色呢？就像要引起別人的注意一樣，除非……」

這是一個陷阱！

遺憾的是，餃子還沒來得及說出口，布布路已經踩着棺材，往上跳了！

「糟糕！」餃子大聲疾呼。

幸好布布路就算伸長了手臂，依然夠不到那個把手。

然而人生總充滿了意外，比如這一刻餃子絕對想不到，一向好吃懶做、對主人的話置若罔聞的四不像猛地從後面躥了上去，踏着布布路的腦袋，飛身一躍，拉動了把手。

撲通——布布路和四不像四仰八叉地倒在地上。

與此同時，一陣咔咔咔的聲響從四面八方傳來，奴隸們手腳上的鏈鐐自動解開了。

餃子不由得納悶了，難道真的是他想多了嗎？

但再次出人意料的是，這些奴隸們的表情居然沒有絲毫變化，依舊原地做着採集泰坦原石的工作。

「你們自由了！快點離開這裏吧！快啊！」布布路翻身爬起來，衝礦井裏的所有人大喊。

可是……沒有人回應他，死一般的沉默在深黑礦井裏蔓延。

「尼尼克拉爾……尼尼克拉爾……」突然，奴隸們中有人開始喃喃自語起來。

這個名字仿佛蘊含着某種可怕的魔咒，漸漸地，愈來愈多的奴隸着魔般地加入其中。

「尼尼克拉爾……尼尼克拉爾……」

整個礦井都迴盪着這個惡魔的名字，氣勢之驚人，令人從腳底生出一股強烈的寒意。

賽琳娜無奈地歎息：「看來他們對尼尼克拉爾的恐懼已經深入骨髓了，不解開他們的心魔，就算他們現在逃走了，也永遠得不到真正的自由。」

「那就讓我來喚醒他們的靈魂吧！」圖蘇王子挺起胸膛，朗聲宣告：「奧古斯的子民啊，我乃皇室唯一繼承人──圖蘇王子！我回來了！我承諾，會將你們從尼尼克拉爾的暴政中救出來！現在你們都自由了！離開這個折磨你們的深黑礦井，回家去吧！」

「您是圖蘇王子？您來救我們了嗎？」一個老者顫顫巍巍地走上前來，難以置信地仰望着圖蘇王子。

「對，我是圖蘇王子！我來解救你們了！」圖蘇王子慷慨激昂地衝着人羣大喊。

原本神情麻木的人們就像重新活了過來，眼睛裏都浮現出希望的神采，大聲歡呼起來：「圖蘇王子來了！我們自由了！」

餃子瞇了瞇眼睛，對眼前的情況暗自憂心，萬一他們沒有打倒尼尼克拉爾，這些逃走的奴隸將會遭受怎樣可怕的懲罰，難道這個王子一點都沒想過嗎？

「安靜！」一片沸騰的歡呼聲中，布布路和帝奇同時警覺地大叫。

所有人如同驚弓之鳥，瞬間安靜下來。

沙沙沙……沙沙沙……

礦井四周的石壁裏傳來了詭異的響聲，而且愈來愈響，頻率愈來愈快。

「你們看！那是甚麼？」賽琳娜驚恐地指向石壁。

只見泰坦原石間出現了無數青色的點，密密麻麻地匯聚在一起……

「布魯！布魯！」感覺到危險的四不像齜牙咧嘴地擺出了攻擊的架勢。

沉睡的泰坦巨人之城

MONSTER MASTER 2

新世界冒險奇談

第十站 STEP.10

意想不到的接頭人
MONSTER MASTER 2

陷阱 —— 石壁裏的青色魔影

沙沙沙……石壁上青色的點迅速地聚集在一起，形成了一個又一個青色的影子。

「咦，這裏面有東西嗎？」布布路好奇地湊上前去，就在他的手要碰到泰坦原石上的青色影子時，餃子猛地甩出自己引以為豪的長辮子，嗖的一下纏住布布路的手臂，將他用力往後一扯。

咚 —— 布布路狼狽地仰面摔倒在地。

與此同時，一隻青色的爪子從石壁的縫隙中伸出來，直抓向布布路的胸口，餃子要是晚半步，布布路的心臟就給掏走了！

　　「笨蛋，別動！」又一隻魔爪兇猛地撲向了來不及起身的布布路，帝奇邊喊邊凌空射出了幾枚暗器，直攻向那兩隻魔爪。

　　「嗷嗷嗷 ——」一隻身體扁長的龐然大物猛地躍出原石壁，重重地滾落到布布路身旁，發出了令人毛骨悚然的尖厲哀嚎。

　　布布路定睛一看，頓時鬆了口氣：「原來是隻大蟲子！」

　　其他人可沒他那麼樂觀，普通的蟲子哪會有一個人那麼大！而且這隻疑似蟲子的生物長得實在太噁心了！它的全身像覆蓋了一層青綠色的霉斑，腹部長滿了細長而尖利的腳爪，鋒利如刀的下顎不停地咬合着，充滿了狂暴的攻擊性！

　　賽琳娜回憶起十字基地分發給每個預備生的怪物圖鑒，

向大家普及道：「不，這是一種 D 級物質系怪物！如果讓一公一母兩隻青蟲怪待在一起，它們的繁殖能力將會非常可怕。」

沙沙沙……又一隻青蟲怪從石壁裏衝了出來。

布布路這次有了防備，狠狠一拳砸在青蟲怪最柔軟的腹部，青蟲怪往後栽去，直直墜落下礦井的深坑。

「解決一隻！」布布路話音未落，那隻青蟲怪居然掛在了半空中。

大家這才發現，青蟲怪的腳爪上粗重的鐵鏈救了它一命，而鐵鏈的另一頭原本應該鎖着開礦的奴隸們。

「我就知道有陷阱，打開機關就等於放出青蟲怪，誰都逃不掉！尼尼克拉爾果然不是省油的燈！」餃子忍不住連連哀歎。

「別廢話了！大家小心！青蟲怪是羣居的，絕不止一隻兩隻！」賽琳娜焦急地提醒道。

窸窸窣窣……窸窸窣窣……

仿佛是為了印證賽琳娜的話，大量的青蠱怪不斷地從石壁的裂縫中衝了出來！

帝奇順勢將毫無戰鬥力的圖蘇王子往人羣中一推，隨即叮叮噹噹地甩出一打五星鏢！

但帝奇和布布路剛剛放倒了最前面的幾隻青蠱怪，接下去又有更多的青蠱怪揮動着細長的利爪衝出來，很快就將所有人團團包圍住了！

一隻青蠱怪將魔爪伸向了一個瘦弱的奧古斯人，布布路眼疾手快，衝上去一拳打在青蠱怪身上。青蠱怪哀嚎着，下顎滴出青褐色的黏液沾到了布布路的手套上。

嗞——手套立刻冒出一股白煙，還發出一股刺鼻的焦味。

「哇！」布布路急忙甩手跳開。再低頭一看，手套上居然被燙出了一個洞！

其他人也發現了異樣。不小心踩到青褐色黏液的賽琳娜，瞬間感到有一股強烈的灼熱感透過鞋底往上冒。

「小心，它們的口水有腐蝕性！」賽琳娜極力忍住嘔吐的欲望，掏出火石來對付這些怪物。

「哇啊啊啊——救命啊！」

「尼尼克拉爾大人饒命啊！」

面對青蠱怪的圍剿，那些剛剛掙脫鎖鏈的奧古斯人頓時全慌了，個個像沒頭蒼蠅似的擠來擠去。

一時間，哀號聲、打鬥聲和被怪物黏液灼燒的嗞嗞聲混合在一起，整個礦井陷入了混亂。

不會吧，又是這傢伙！

「哦哈哈哈 —— 不快點蹲地投降的話，你們就等着被這些青蠱怪吃到連骨頭渣子都不剩吧！」猖狂的笑聲傳來，一羣身穿銀斗篷的傢伙出現在高處的洞口。奴隸們驚恐萬分地抱頭下蹲。

難道，尼尼克拉爾的黑爪軍來了嗎？忙於對付青蠱怪的布布路四人背對着那人。突然，餃子的身體抽動了一下，猛地轉過頭去，火冒三丈地吼道：「是你！該死的傢伙！」

原來冤家路窄，他們又碰上了冒充圖蘇王子的死胖子和他的手下！

四人同時用充滿仇恨的目光憤怒地瞪向胖子！

胖子卻完全沒把他們當一回事，反而揚揚得意地笑道：「哈哈，又是你們四個笨蛋啊！我這個人最好心了，所以再提醒你們一次，如果不想被這些寄生在泰坦原石裏的青蠱怪用口水淹死，最好馬上投降，並喊一聲胖大爺饒命！」

這個無恥的渾蛋！布布路四人氣得牙癢癢。

「你少做夢了！我們不會投降的！」布布路俐落地推開一隻青蠱怪，衝着胖子揮了揮拳頭。

胖子狡猾地眯了眯眼：「好啊，你們繼續打！但……」胖子頓了頓惡狠狠地說：「你們只要打倒一隻青蠱怪，我就殺死一個奴隸！」

甚麼？他居然用奧古斯人民的生命來要脅！

圖蘇王子仿佛被抓住了軟肋顫抖着跪倒在地，抱住布布路

的大腿，哀求道：「住手吧！求求你們，不要讓他傷害這些無辜的人！」

迫於無奈，四人只好忍氣吞聲地停下手。

「哼哼哼，這才是乖孩子嘛！」胖子也不知道用了甚麼辦法，青蟲怪一下子全都停下了動作。

眼看形勢被胖子控制了，餃子忽然想起黑鯛給的急救錦囊，偷偷伸手在口袋裏摸索起來。

嘰嘰嘰嘰……寂靜的礦井裏傳出了卡卜林毛球的催促聲。

「看來你們是真的不怕死啊，都警告你們不要輕舉妄動了，還這麼不安分……」胖子的怒吼聲戛然而止，用一種難以置信地目光看向布布路他們。

可惜，布布路他們完全沒心情去猜測胖子的心事，因為卡卜林毛球響了半天，神祕接頭人居然完全沒有回應！

「難不成我們又被騙了？那個神祕接頭人根本就不存在！」餃子懊悔地撓着頭，恨不得扇自己兩個耳光，失去最後一根救命稻草，幾個人的心情跌到谷底。

窸窸窣窣……被毛球聲驚到的青蟲怪再度展開了攻擊，眼看布布路他們就要遭遇「口水瀑布」的洗禮，胖子突然大喊道：「慢着！」

青蟲怪像是被施了定身術一樣，齊刷刷地合上下顎，停在原地不動了。

胖子鬆了口氣，開始在口袋裏掏東西 ——

該死的，他不會是準備使出更毒的陰招來折磨我們吧？

布布路四人警戒地盯着胖子，就見他慢吞吞地摸出了一隻卡卜林毛球！

嘰嘰嘰嘰……那隻毛球急促地叫着。

胖子猶豫了一下，用力捏了捏毛球，毛球張開的嘴巴裏竟然傳出了餃子的聲音：「救命啊！我們被怪物包圍了！快來救我們啊！」

咦，餃子的聲音為甚麼會出現在胖子手上的卡卜林毛球裏？難道說……

在場知情的和不知情的人全都傻眼了！

胖子的面部表情開始不受控制地抽搐，嘴裏發出乾巴巴的笑聲，而且愈笑愈大聲：「啊哈，啊哈，啊哈哈哈哈……」

「他不會是瘋了吧？」布布路疑惑地用手肘捅了捅一旁的賽琳娜。

賽琳娜沒回答，一臉詫異地看着胖子。

胖子忽然停止了大笑，捏緊手裏的卡卜林毛球，結束通話，並迅速把它塞進了口袋裏。

「哼！知道怕了吧？」胖子吹鬍子瞪眼地指着布布路他們，仿佛剛才甚麼事都沒發生過。

布布路奇怪地眨眨眼：「怕甚麼？怕你手裏的毛球嗎？咦？那不是聯繫接頭人……」

胖子的額頭冒出豆大的汗珠，焦急地瞪着布布路，恨不得把他的嘴巴給封起來。

「白痴！你的廢話太多了！」帝奇沒好氣地打斷了布布路，賽琳娜也在邊上衝他使眼色。

布布路立即住口，胖子因此大大地喘了口氣，向身後的人一揮手。那些銀斗篷一擁而上，把奴隸們重新鎖了回去，而青蟲怪也隨之自動回到了石壁裏。

胖子不知有心還是無意地吩咐道：「小心點，不要弄壞了這些玻璃瓶！這些溶液可都是尼尼克拉爾大人費力集合了各種怪物的血元素才調配出來，專門用來開採泰坦原石的。比你們的命都珍貴！如果不小心弄壞了，你們通通都別想活了！」

「各種怪物的血元素……」餃子若有所思地沉吟道。

「那是甚麼？很難弄到嗎？」布布路好奇地問。

賽琳娜低聲解釋道：「血元素是流淌在怪物血液中的一種第五元素，想要從它們身上提取到血元素，一般都必須先用武力制伏它們，否則根本就是天方夜譚！而且調製這種溶劑需要犧牲大量的怪物，如果尼尼克拉爾沒有一定的實力，是不可能辦到的……」

「是的，這就意味着之前我們低估了他的實力！」餃子愈發覺得他們的前途凶險萬分，可現在他們已經沒有退路了！

「就算他很強大，我也一定要替奧古斯人揍飛他！」布布路固執地說。

只是他的豪言壯語還未說完，就被幾個銀斗篷侍衞銬上了手銬腳鐐。

胖子大搖大擺地走過來，刻意扯着嗓門嚷嚷道：「這幾個鼠輩我要親自帶走嚴懲！看他們以後還敢不敢反抗偉大的尼尼克拉爾大人！」

怪物大師成長測試

05 如果你發現自己要聯繫的接頭人竟然是曾經的敵人，你會怎麼想？

A. 原來這個人是個臥底呀！

B. 奇怪，接頭人的卡卜林毛球怎麼會在他手上？難道他殺了接頭人？

C. 大混亂，完全摸不清狀況。

D. 這會不會是兩邊聯合起來設計的陰謀？

E. 管他是不是接頭人，有仇報仇！

【解答】

A. 不錯，頭腦靈活，反應很快嘛！（3分）

B. 你是個很謹慎的人，對所有事情都往最壞的地方做打算。（5分）

C. 唉，對一根筋的你來說，臥底應該是個無法理解的職業。（1分）

D. 你疑心太重了吧！（7分）

E. 你……狠！「寧錯殺一百，不放過一個」說的就是你！（9分）

完成這個測試後，你可以得到一隻屬於自己的怪物！

測試答案就在第四部的202，203頁，不要錯過哦！！

沉睡的泰坦巨人之城

MONSTER MASTER 2

新世界冒險奇談

第十一站 STEP.11

第十二道暗夜之門

MONSTER MASTER 2

神之力量的真相

　　布布路四人和圖蘇王子被鐵鏈穿成一串，跌跌撞撞地跟在胖子身後。

　　別看胖子耀武揚威地在前面開路，其實他的臉上冷汗直冒，背在身後的手也哆嗦個不停……

　　一出礦井，胖子就鬼鬼祟祟地觀察了周圍一圈，確定沒人後，他迅速地打開了布布路他們身上的鐐銬。

　　「喂，你們怎麼到這兒來了？居然還在大庭廣眾之下用卡卜

林毛球聯繫我!」胖子怒氣衝衝地先發制人:「剛剛要不是我反應快,我這幾年辛辛苦苦的臥底生活就白費了,我們全都會被尼尼克拉爾殺掉!」說完,胖子裝模作樣地用手在脖子上一抹,示意大家的腦袋會搬家。

「因為我們被某個卑鄙的傢伙一而再再而三地陷害了!」餃子拐彎抹角地反諷道。

「胖子,你到底是好人還是壞人啊?」布布路撓頭,想要直接問出個答案。

賽琳娜一把拽住胖子的衣領:「還不給我老實交代!為甚麼騙我們說你是王子?為甚麼偷走了我們的怪物?為甚麼把我們扔進垃圾場?」

帝奇沒說話,但他殺氣騰騰地斜眼看着胖子。

「我交代!馬上交代!」胖子立即轉變了態度,開始抽抽答答地吐苦水:「我也是被逼的!誰叫我是臥底呢!尼尼克拉爾是個疑心很重的人,我這次去參加原石拍賣會,奉命要帶幾個怪物交給他,我用盡渾身解數,違心演了這麼多年壞人,才好不容易獲得了他的信任,不能……不能功虧一簣了。」

由於胖子之前劣跡斑斑,即使此刻聲淚俱下,也沒人會輕易相信他。

面對大家審視的目光,胖子心虛地抹了抹額頭上的冷汗:「這個卡卜林毛球是我和黑鯛老師之間的專用聯繫工具,既然你們得到了它,一定是在我把你們丟進垃圾場後,遇到黑鯛老師了吧!即使不相信我,總該相信黑鯛老師吧!說起來你們真了不

起啊，短短時間就得到了奧古斯最偉大的學者的認同……」

胖子一個人劈里啪啦說個不停，其他人都黑着臉，氣氛尷尬極了。

「你在尼尼克拉爾身邊臥底那麼久，發現他的弱點了嗎？」跟在布布路他們身後的圖蘇王子打破了沉默。

「這位是……」胖子疑惑地問。

「這一位才是真正的圖蘇王子！」賽琳娜將圖蘇王子推到胖子面前，示意他看清楚兩人之間的差距到底有多大。

胖子驚訝地將圖蘇王子上下打量了一番，好一會兒，才擠出一個獻媚的笑容，上前用力握住了圖蘇王子的手：「王子殿下，您好，我很高興能為您效勞。」

「有時間套近乎，不如快點回答王子殿下提出的問題，黑鯛大叔可是說過了，讓我們有困難就找你幫忙的哦！」餃子笑着拍了拍胖子的肩膀，但他的語氣涼颼颼的，透着脅迫。

胖子臉上的冷汗愈流愈多，忌憚地說：「還記得進城時我跟你們說過的第十二道暗夜之門嗎？那不僅僅是個傳說，據我所知，尼尼克拉爾的能力就和第十二道暗夜之門有關！」

「這麼說，尼尼克拉爾之所以擁有神一般的力量，是因為他找到並穿過了第十二道暗夜之門嗎？」賽琳娜馬上領悟了胖子的意思。

胖子贊許地衝賽琳娜點點頭：「不但如此，我還有一個絕密消息要告訴你們，這個祕密只有當年奧古斯的皇族才知道。我花費了十年時間，最近才終於偵察到，都還沒來得及通知黑鯛

老師……」胖子說到這裏故意停頓了一下，聲音壓得更低，等大家全都湊在一起，才神祕兮兮地說：「事實上，尼尼克拉爾的強大是因為他手中握有泰坦之心！」

「泰坦之心？難道跟傳說中的 S 級怪物泰坦有關嗎？」一想到泰坦巨人也被尼尼克拉爾捏在手心裏蹂躪，布布路就難過得要命。

胖子點點頭，繼續解釋道：「泰坦之心顧名思義是泰坦巨人的心臟，也是泰坦巨人的力量來源，自數千年前的大戰後就一直被奧古斯皇族祕密收藏在第十二道暗夜之門內，每一代國王死前會把這個祕密告知下一代。這是因為奧古斯皇族始終遵守着與泰坦之間的契約，除非迫不得已，絕不濫用『泰坦之心』的力量！尼尼克拉爾不知道從哪裏知道了這個祕密，他找到第十二道暗夜之門，並偷走了泰坦之心！也就是說，只要尼尼克拉爾擁有泰坦之心一天，他就能讓那些 B 級以及 B 級以下的怪物都臣服於他，為他所用……」

「那我的水精靈現在怎麼樣了？」一想到自己的怪物，賽琳娜就擔心害怕。

「還有我的藤條妖妖？」餃子也急切地詢問道。

「我只是負責抓捕，你們的怪物已經被獻給了尼尼克拉爾，它們現在的處境我並不知道。」胖子充滿歉意地看着兩人，隨即話鋒一轉：「我之前打聽到尼尼克拉爾依然把泰坦之心藏在第十二道暗夜之門裏面，如果你們要打敗尼尼克拉爾，那麼當務之急，是找到並偷走泰坦之心！」

暗夜之門與勇者之劍

　　的確，目前最重要的就是找到泰坦之心，切斷尼尼克拉爾的力量之源！否則憑他們幾個怪物大師預備生怎麼可能打贏尼尼克拉爾？

　　餃子轉向一旁的圖蘇王子，鄭重地問道：「王子殿下，作為奧古斯的皇族繼承人，你是否知道關於泰坦之心的事？」

　　大家的目光全集中到了圖蘇王子身上，畢竟要消除胖子的「騙子嫌疑」可不是光聽他自個兒說說就足夠了，他們需要從圖蘇王子身上得到肯定的答覆。

　　圖蘇王子為難地搖了搖頭：「發生政變的時候……我才五歲，很多事情都記不清楚了。不過關於穿越第十二道暗夜之門就能獲得神的力量，卻是奧古斯人盡皆知的傳說。」

　　四人轉頭緊盯着胖子，恨不得扒開他的腦袋，看看他到底有沒有說謊。

　　「我，我保證說的都是真的！」胖子嚇得指天發誓：「我也很無奈啊，你們不知道我看過多少強大的怪物大師在一分鐘內敗在尼尼克拉爾面前！面對這個惡魔，這十年來，我每天都過得提心吊膽，吃不好，睡不香，就連走路的時候都要左右提防，生怕一個不小心泄露了自己的身份，連累到黑鯛老師，還有垃圾場那些無辜的平民……但我可以用性命擔保，雖然我被迫假扮成壞蛋，但我從沒傷害過任何一個人的性命，包括你們，我也只是讓人丟到垃圾場去。」

說到最後，胖子露出了歉疚的表情，真誠地說：「對不起！」

布布路爽朗地擺擺手：「我相信你啦！因為壞蛋是不會內疚的！」

「好吧，過去的事情我們就不提了！」餃子他們也認可了胖子的臥底身份。

胖子像是想起了甚麼，連忙從口袋裏掏出兩張怪物卡，遞給賽琳娜和餃子：「這兩張怪物卡我沒有上交給尼尼克拉爾，現在還給你們……真的很抱歉！」

餃子和賽琳娜捏着怪物卡，心裏十分擔心自己的怪物會不會已經被尼尼克拉爾抽走了血元素……如果是這樣的話，他們大概永遠也見不到自己的怪物了！

「我們快去找第十二道暗夜之門吧！」布布路充滿幹勁地推了推胖子。

「那第十二道暗夜之門就藏在宮殿裏，只有從暗道走，才能避開侍衞，我這就帶你們去。」胖子滿口答應，帶着他們爬進了通風口。

一路上，大家通過狹小的風口往下看，宮殿的守衞非常森嚴，四處可見穿着鎧甲的侍衞和一羣羣各種類型的怪物在一道道暗夜之門前來回走動。

爬了很長一段距離，大家都覺得自己的手掌心和膝蓋開始發痛的時候，胖子揭開通風口的蓋子，示意大家跳下來，他指着前面一道巨大的石門說：「那就是第十二道暗夜之門了！」

布布路他們不約而同地打量起那道石門，只見厚實的門上

雕刻着古老的圖騰，門身處籠罩着一縷縷陰森森的霧氣，門旁還架着大大小小、錯落有致的齒輪，共同組成了開啟這道石門的複雜機關。

「奇怪，怎麼沒有守衛？」賽琳娜不安地看向身邊的同伴。

「想想剛剛礦井中的事就知道這裏面一定有玄機！」餃子警惕地將自己的辮子挽到手中，似乎隨時都會揮舞出去。

「甚麼玄機？」布布路好奇地跑到門前，和四不像一起砰砰砰地敲起門來。

「布布路，住手！難道你想被人發現嗎？」賽琳娜生氣地訓斥道。

布布路只好癟着嘴巴，拉着四不像停下手。

「喂，胖子，你是不是又在對我們耍奸計？」帝奇冷冷地掃了胖子一眼。

胖子趕緊擺着手解釋說：「我可

沒騙你們啊！第十二道暗夜之門是祕密之門，想進門就必須拔出插在門前的石中劍！而能拔出劍的人屈指可數，所以根本不需要守衛。」說着，他指了指不遠處的一個亂石堆，上面果然插了一把劍。

餃子頓時眼前一亮，欣喜地衝了過去：「哇啊！發財了！這劍柄上鑲着這麼多寶石，都是不可多得的佳品！一定很值錢！」

「那當然，這可是傳說中的勇者之劍！傳說只有真正的勇者，才能拔出這把勇者之劍！」胖子唾沫星子亂飛地開始胡吹亂侃：「聽說數千年前，一個男人帶着這把寶劍遊走在琉方大陸的各處，上天殺惡龍，下海屠海妖，解救人民於水深火熱之中，因此他被眾人尊稱為勇者。後來他在臨終前將隨身寶劍插進了石縫，並表示誰能拔出這把寶劍，誰就是它

的新主人，可漫長的歲月過去，始終沒有人能把劍拔出來……」

胖子說話的同時，帝奇已經直接走過去拔劍了。可就算他憋紅了臉，用盡全力，手中的劍卻紋絲不動。

「拔不出來嗎？看來傳說是真的啊！」布布路絲毫沒有注意到帝奇陰沉的臉色，反而興奮地躍躍欲試，可惜力大如牛的他也失敗了。

其他人也紛紛嘗試，連四不像也跑來湊熱鬧，但沒有一個人成功，反而還因為用力過猛摔得四仰八叉。

「憑甚麼尼尼克拉爾那種壞蛋都能把劍拔出來，我們就不行？」賽琳娜沒好氣地吼道。

「布魯！」四不像也跳起來，泄憤似的踹向那把劍，結果一不小心踹到底下的石頭，頓時痛得齜牙咧嘴，眼淚直飛。

「糟了，拔不出劍就進不去，進不去就沒有勝算！」餃子的喪氣話一出口，大家的情緒更低落了。

「我有一個好辦法！」布布路靈機一動，招呼大家全部後退。

還沒等他們反應過來是怎麼一回事，布布路已經卸下背上的棺材，以迅雷不及掩耳之勢將棺材往劍上砸去！

砰——大家只能眼睜睜地看着勇者之劍連帶上面的寶石被布布路砸了個七零八落！

沉睡的泰坦巨人之城

MONSTER MASTER 2

新世界冒險奇談
第十二站 STEP.12

恐怖的雷光圈
MONSTER MASTER 2

尼尼克拉爾的詭計

「布布路，你在搞甚麼鬼啊？」賽琳娜發出一聲尖叫。

餃子耷拉着腦袋，把僅剩的一段殘劍拔出丟掉，蹲在一堆寶石碎片面前，默哀似的數道：「一萬盧克，兩萬盧克，三萬……」

布布路抱着棺材不知所措地看着大家：「這樣劍不就拔出來了嗎？」

「是拔出來了，但你也毀了一件價值連城的藝術品！」胖子痛

心疾首地看着地上殘缺的寶劍。

只有帝奇恍然大悟道：「原來可以這樣做啊！」

「噓，不對勁……」圖蘇王子的話還沒說完，原本插着劍的石縫裏迸發出數道刺眼的紅色光芒。

這些光芒快速擴展成一片巨大的光圈，將所有人都給罩住了！

一股不祥的預感湧上所有人的心頭。

帝奇向光圈扔出一隻手套，一道紅光閃過，手套被彈回來落到了地上。這隻手套居然變得一片焦黑……這顯然不是第十二道暗夜之門開啟的預兆！

「該死的！我們被關起來了！勇者之劍是個陷阱！」賽琳娜衝動地想要揍胖子。

胖子往布布路身後一躲，急切地說：「我沒有騙你們！不然我也不會一起被關進來！」

「冷靜點，現在最重要的是想辦法從這個光圈裏出去！」餃子提醒大家。

「我來試試！」布布路故技重施，舉起棺材砸向光圈。

吱吱吱 —— 光圈反射出一道耀眼灼熱的紅光，卻毫無損傷，甚至變得更加鮮紅。

「哼哼，別白費力氣了！你們是出不去的。」遠處的黑暗中傳來了陰森的邪惡笑聲。

一羣銀斗篷氣勢洶洶地衝了過來，迅速圍住了光圈。

而走在最後的那人身材異常魁梧，穿着一身用黑色金盾打

造的堅硬鎧甲，渾身散發着迫人的氣勢，即使在黑暗裏，也顯得霸氣十足。

圖蘇王子仇恨地指着那人咆哮道：「尼尼克拉爾！你這個卑鄙小人！快把我們放出去！」

甚麼？這個人就是傳說中已經踏入神之領域的惡魔 ——尼尼克拉爾！

尼尼克拉爾不屑地掃了一眼這些看起來還是孩子的闖入者：「你們這些從骯髒的垃圾管道裏跑出來的小老鼠，也想通過第十二道暗夜之門？真是不自量力！我會讓你們在雷光圈中慢慢耗盡生命，為你們愚蠢的行為付出代價！」

「雷光圈？」賽琳娜瞬間臉色煞白：「我曾經在書上讀到過，雷光圈是一種用雷石製作的牢籠，威力和雷電一樣厲害，除非擁有強大的破壞力，不然被困在裏面根本無法逃脫。」

「完了完了！我的人生規劃裏沒有被雷劈死的那項啊！」餃子絕望地雙手抱頭。

帝奇不死心地雙手一翻，數道暗器閃着寒光四散開來，但一碰到雷光圈，就叮叮噹噹地反彈到地上。

「這雷光圈真厲害！難怪我用棺材都砸不破！」布布路感慨地說。

「哈哈哈哈……」尼尼克拉爾得意揚揚地大笑起來。忽然，他的笑聲一頓，目光落在布布路背後的胖子身上。

胖子頓時緊張得渾身哆嗦，用極低的聲音跟布布路說：「快！快掐我脖子！」

雖然布布路不知道胖子為何讓他這麼做，不過他還是聽話地一把掐住了胖子的脖子。

「哦——哦——哦——」胖子的臉迅速憋紅，雙手痛苦地抽搐着，試圖拉開布布路的手……

尼尼克拉爾盯着他們看了一會兒，終於出聲道：「快點放開他！」

這時，胖子的臉色已經由紅變青，眼珠子向上一翻，馬上就要昏死過去了。

賽琳娜趕緊推了推布布路：「快放手！」

布布路這才撒手。

胖子雙腳癱軟，伏在地上大口大口地喘氣，嘴裏小聲埋怨道：「你、你還真想掐死我啊！」

帝奇不客氣地冷哼一聲：「掐死活該！」

餃子靈機一動，一腳踏在胖子背上，擺了個惡狠狠的姿勢，胖子立刻配合地發出一聲淒厲的慘叫。

餃子頭一揚，衝着尼尼克拉爾喊道：「我們手上有人質！你要是不放了我們，你這條忠狗就完蛋了！」

「你們好大的膽子，敢和我談條件！」尼尼克拉爾根本不買賬，用令人膽寒的聲音說：「我養的狗多的是，不缺他一個！」

「好！我現在就殺了他！」餃子又裝模作樣地踹了胖子一腳。

尼尼克拉爾冷冷地掃了胖子一眼：「為我而死是他的榮耀！胖子，是不是啊？」

「是……為尼尼克拉爾大人而死是我的榮耀……」胖子連

頭也不敢抬，伏在地上唯唯諾諾地直點頭。

「沒用的傢伙！」帝奇鄙視地啐了他一口。

「甚麼？你到底站在哪邊……」布布路又迷糊了。

賽琳娜趕緊用手捂住布布路的嘴：「關鍵時刻！你別給我說話！」

「尼尼克拉爾，一個好的主人怎麼會輕易拋棄一條跟隨自己多年的忠狗呢？嘿，不知道你身後的那羣走狗會作何感想？」餃子對後面的銀斗篷們挑撥離間道：「喂喂，你們真的要為這樣的主人賣命嗎？」

餃子的話說中了尼尼克拉爾心裏的隱憂，他暴怒地吼道：「該死的鼠輩，閉嘴！看我用雷電劈死你們！」

四 不像的反擊

雷光圈劈啪作響，電光不斷閃耀，火花集中噴向布布路他們！大家的頭皮一陣發麻，頭髮一根根地豎了起來。

「糟糕，這是閃電的先兆！」賽琳娜往後縮了縮，她的衣服上已經被飛濺的火花燙出了好幾個小洞。

「那麼近的距離被閃電劈中，骨頭也會被燒化掉吧，我們這樣也算一了百了。」臨死關頭，餃子反而淡定了。

帝奇沒吭聲，但他的眼神告訴大家，他不甘心！

「如果躺到爺爺的棺材裏，說不定可以逃過一劫！」說着，布布路卸下了肩膀上的棺材。

這確實是一個辦法！剛才他們親眼看到布布路用棺材砸雷光圈，雖然雷光圈沒有砸壞，但是棺材也毫髮無損。只是他們這麼多人擠得下嗎？

「布魯，布魯布魯！」就在這時，一旁的四不像突然像母雞一樣使勁地刨起地來……

「布布路，四不像在幹甚麼？」賽琳娜奇怪地問。

「不知道，它也許覺得能從地下突破出去吧。」布布路也猜不透四不像的意圖。

「真是一隻不走尋常路的怪物啊！」餃子哭笑不得。

吱吱吱 —— 眼看閃電就要從雷光圈中發射出來，四不像猛地從地裏掏出一塊紫紅色的石頭，將它高高舉起，好奇地左看看，右看看……

這塊石頭好像燒焦了一樣，不斷地發出吱啦吱啦的聲音。

「這是……」賽琳娜還沒來得及出聲，四不像就張開了嘴巴，啊嗚一口把石頭吞了下去。

它……它又吃了甚麼怪東西啊？布布路這個主人完全摸不着頭腦。

就在大家滿頭黑線的時候，剛才還吱吱作響，威脅着他們生命的雷光圈消失了。

「開玩笑吧？」所有人都傻眼了，死亡危機竟然被輕鬆解決了！

四不像摸了摸圓鼓鼓的肚子，滿意地打了個飽嗝。

呼！一縷青煙從它嘴裏慢慢悠悠地飄了出來。

賽琳娜恍然大悟道：「我知道了，四不像吃掉的是雷石，是困住我們的雷光圈的能量來源！一旦沒了能量來源，雷光圈自然就消失了！只不過四不像是物質系的怪物，它怎麼負荷得了第五元素的自然系怪物才能駕馭的雷電呢？」

　　餃子細細地打量了四不像一番，喃喃自語道：「普通怪物吞下那個東西都會被電死吧……這隻怪物的胃到底是用甚麼做的啊？」

　　「哇噢噢噢！四不像，幹得好！」布布路抱起四不像，興奮地轉了個圈。

　　「沒錯，有了四不像，我們就不用怕尼尼克拉爾了！」圖蘇王子也高興地讚賞道。

　　尼尼克拉爾暴跳如雷，他認出了四不像：「該死的，又是這隻討厭的怪物！就是它將我的黑爪軍團弄得雞飛狗跳，還救走了我相中的巴巴里金獅！說，它到底是甚麼品種？瞧這樣子也不像 B 級以

上的怪物！」

　　沒有人回應他，因為大家也都震驚極了。

　　居然是四不像救巴巴里金獅逃回來的……這太驚人了！這隻難看的怪物和它的主人一樣，總是會做一些出人意料的事情。

　　「還發呆幹嗎？給我上！把他們通通抓起來！看我怎麼捏死你們這羣低賤的雜毛老鼠！」在尼尼克拉爾憤怒的咆哮聲中，無數影子如鬼魅般從黑暗中躥出，直撲向布布路他們！

　　「小心，是黑爪軍團出動了！」胖子悄悄提醒道，同時拉着圖蘇王子倉皇地往邊上一躲。

　　嗖嗖嗖——暗器如雨一般擋在大家的前面，帝奇靈巧地躍到了空中，扯開蛛絲，迅速進入了戰鬥狀態。

　　就在這時，兩個熟悉的影子閃到了餃子和賽琳娜的面前。

　　二人定睛一看，驚喜地叫道：「藤條妖妖！」「水精靈！」

　　下一秒，二人與怪物重逢的喜悅卻一掃而空，一道冰冷的水柱像利劍一般朝賽琳娜刺了過來。

　　「小心！」餃子眼疾手快，拉着賽琳娜往邊上一閃，險險躲過了水精靈的攻擊。

　　「水精靈竟然攻擊我！」賽琳娜不敢相信地搖頭道。

　　「糟糕，它恐怕被尼尼克拉爾控制了，」餃子謹慎地盯着一旁的藤條妖妖，語調沉重地補充道：「不光是水精靈，還有藤條妖妖！」

　　仿佛是為了印證餃子的話一樣，藤條妖妖揮舞着藤條，狠狠地朝二人抽了過來。

怪物大師成長測試

Q06 自己的怪物總是會吃一些莫名其妙的東西，你會怎麼辦？

A. 哎呀，它會不會生病啊？要不要帶它去醫院啊？擔心得要死！

B. 笨蛋！有些東西不能亂吃！一定要好好教育它！

C. 吃吧吃吧，吃死你就好了！賭氣 ing！

D. 沒事啦，我家怪物福大命大！口福也好！

E. 不管它，只要它不跟我搶吃的就行！

A 【解答】

A. 你知道不知道關心則亂啊？（3分）

B. 你是個好主人，可是你家怪物聽你的話嗎？（1分）

C. 你是主人啊！你跟怪物生氣……（7分）

D. 叫我說你甚麼好呢？這不是口福嗎？（5分）

E. 喂，你確定這真是你家怪物？（9分）

完成這個測試後，你可以得到一隻屬於自己的怪物！

測試答案就在第四部的 202，203 頁，不要錯過哦！！

沉睡的泰坦巨人之城
MONSTER MASTER 2

新世界冒險奇談
第十三站 STEP.13
迷失心魂的怪物
MONSTER MASTER 2

可怕的升級！藤條妖妖和水精靈

藤條妖妖和水精靈竟然朝着主人發起了猛烈的攻擊。

「我們試試用怪物卡把它們收進去！說不定怪物卡能喚醒它們。」餃子邊說邊和賽琳娜一起從口袋裏掏出怪物卡，試圖將兩隻失去心智的怪物召喚回卡裏。

可是被尼尼克拉爾控制的藤條妖妖和水精靈眼神空洞，根本無法與他們心靈相通，更別說聽他們的召喚了。

「愚蠢的老鼠們，不要白費力氣了。它們既然落在我手裏，

就要為我奮戰到死！哈哈哈……殺！給我殺！」看着一臉錯愕的餃子和賽琳娜，尼尼克拉爾得意地大笑不止。

水柱和藤鞭交錯着攻向賽琳娜和餃子。

「卑鄙！」賽琳娜被藤鞭抽出了好幾道口子，痛得咬牙切齒。

「大姐頭，麻煩掩護我！」一計不成，餃子又生一計：「我從後面偷襲，先捆住一個，再對付另一個就好辦了。」

「好！」賽琳娜配合地從口袋裏掏出元素石，利用土石迅速製造出一道防水盾牆，又用火石向藤條妖妖發動了進攻。

植物本體的藤條妖妖怕火，賽琳娜想利用火石牽制它，再用防水盾牆抵擋水精靈的攻擊。

可她沒想到，水精靈居然噗的一聲，衝出了如同瀑布一般浩大的潮水，輕而易舉地就將她辛苦建立的防水盾牆沖垮了！盾牆後的賽琳娜被迎面沖來的水浪打得全身濕透。

「餃子，水精靈的能力變強了！我擋不下它！」賽琳娜難以置信地大叫道。

這時，餃子已經繞到了藤條妖妖身後，但他還來不及施展古武術，一個巨大的藤網從天而降罩住了他！

藤網上的尖刺扎得餃子哇哇亂叫：「好傢伙，用這招對付起我來了！」

賽琳娜連忙旋轉火石，一道火焰夾着風朝藤條妖妖呼嘯而去，逼迫它不得不縮回藤鞭。餃子趁機跳出藤網，同一時刻，水精靈噴出一道強烈的水柱熄滅了賽琳娜手中的火石。

兩隻怪物愈戰愈勇，毫不留情地對餃子和賽琳娜窮追猛

打，而不忍心攻擊自己怪物的兩人只好節節敗退。

「四不像，去幫幫大姐頭和餃子！」與黑爪軍中的一隻蜥蝪怪陷入纏鬥的布布路注意到兩人的困境，焦急地吩咐四不像。

四不像卻根本不理他，它正開心地跟一羣怪物追追打打，一下揪起這隻怪物的尾巴，一下又拉起那隻怪物的舌頭，再一口咬住怪物的鼻子⋯⋯

「這傢伙難道以為我們是來玩的嗎？」布布路傷腦筋地看着四不像。

幸好，原本直衝向尼尼克拉爾的帝奇注意到賽琳娜的危機，掉轉了方向，朝水精靈發出了好幾枚暗器，才給了賽琳娜和餃子退到安全距離的時間。

「水精靈，小心！」但身為主人的賽琳娜關心水精靈勝於自己。

「啾！」水精靈發出一聲輕叫，吐出一面渾圓的水鏡，將幾

枚暗器吞了進去。

「這是甚麼新招式？」就在賽琳娜萬分驚詫的時候，鏡面猛地反射出數道寒光，幾枚暗器竟然衝賽琳娜飛來。

「大姐頭，往後倒！」布布路大聲叫道。

咚！賽琳娜仰面倒地，手肘被堅硬的地面擦破了一大塊皮，滲出了血珠子。

「水精靈，求求你快點醒過來好不好！」賽琳娜的眼裏溢出了淚水，心疼地呼喚着水精靈：「我是賽琳娜，你真正的主人！當初訂立契約的時候，我們不是約定過，無論發生甚麼事情都不會拋棄對方，無論遇到甚麼危險都要並肩作戰嗎？水精靈，求求你趕緊回憶起來吧！」

水精靈用力地扇了扇翅膀，高高地抬起了頭。

「怎麼樣，你想起來了嗎？」賽琳娜欣喜地看着水精靈。

「啾！」水精靈張開大口，噴出一道壓力極強的水柱，擊中了

賽琳娜的肩膀。

賽琳娜的肩甲應聲碎裂痛得再度倒在地上，動彈不得……

同樣不知所措的人還有餃子。

藤條妖妖伸出的藤鞭愈來愈多、愈來愈長，甚至可以深入地底然後又突然冒出來。

「哇，藤條妖妖，你的新招式真厲害。不過你攻擊錯了對象，後面那個又黑又傻的大高個才是你的目標！」餃子語調輕鬆地調侃着，但他的處境並不樂觀，本來算得上靈活的身手已經跟不上藤鞭的攻擊速度，他的身上滿是斑斑點點的刺痕。

「啊！嘶 ——」消耗了大量體力的餃子腳下一絆，後背挨了藤條妖妖的一記重鞭，整個人飛了出去，摔在了賽琳娜的身旁。

兩人沉默地對望一眼，究竟要怎麼做，才能從尼尼克拉爾手裏把他們的怪物奪回來呢？

帝奇的超度

「我最喜歡看這種怪物和原主人之間的好戲了！接下來再送你們一個禮物！」尼尼克拉爾滿意地看着兩人失落無助的樣子，向後揮了揮手，空氣中頓時傳來了一股不尋常的腐臭味……

一隻巨大的長滿花斑的狸貓怪凌空撲來，一下子將布布路撲倒在地，四隻粗壯的爪子狠狠地壓向布布路的身體！

布布路就地一滾匆忙避過，這隻狸貓怪的爪擊力驚人，一掌拍碎了堅硬的岩石地面。

看清對手的布布路露出了大吃一驚的表情，因為這隻怪物看起來實在太可憐了，它全身都是可怕的傷痕，參差倒豎的毛髮血跡斑斑，左眼瞎了，右眼上方還有一道深深的疤痕。剛剛那一下猛烈的攻擊讓它的爪子幾乎皮開肉綻……

　　「難道它感覺不到疼痛嗎？」布布路同情地看着這隻怪物。

　　「小心點，這怪物叫花斑狸貓，物質系，B 級。」帝奇遊走過布布路身旁，簡短地提醒道：「被尼尼克拉爾控制的怪物不僅會失去自己的意志，連感覺也會失去！」

　　花斑狸貓發狂似的又一次衝了過來。它自殺似的攻擊實在太猛了，布布路除了左躲右閃之外，根本沒辦法憑藉力氣與之抗衡。

　　很快，他就被花斑狸貓逼到了一堵石牆前，退無可退。

　　「四不像！」陷入絕境的布布路只好向四不像求救。

　　四不像一邊消化不良似的不停打嗝，一邊用兩隻耳朵重重地拍打着身體。

　　「四不像！你不會是因為之前吃了雷石，胃被燒焦了吧？」布布路心中的埋怨頓時變成了關心。

　　四不像又打了一個響亮的嗝。

　　就在這時，花斑狸貓蓄足力量，張開血盆大口撲向了布布路。

　　眼看布布路就要被咬斷脖子了，四不像猛地一跳，脖子一伸，噗的一聲，一道電光閃過，一團東西像子彈一樣從它嘴裏吐出來，射中了狂性大發的花斑狸貓。

　　「嗦嗦嗦 ──」花斑狸貓重傷倒地，渾身亂顫，抽筋似的發出沙啞的嘶鳴。

　　「骨碌碌……」四不像吐出來的東西滾到了布布路的腳邊，原來是一塊沾滿口水和胃液的紫色石頭！

　　「是那塊雷石！」布布路沒想到那塊要命的石頭居然在關鍵時刻救了自己一命。

　　「布魯！」四不像衝着花斑狸貓大叫，並擺出勝利者的高姿態。

　　花斑狸貓的表情明顯改變了，晦暗的眼裏漸漸有了神采，茫然地看了看周圍，似乎在尋找着甚麼……

　　「啊！」戰鬥一開始就倉皇逃命的胖子突然從石縫中探出腦袋：「我想起來了，這隻怪物的主人是一個偷襲尼尼克拉爾不成反被幹掉的怪物大師！」

「嗚嗚 ——」好像是聽懂了胖子的話，花斑狸貓發出了哀鳴。

「難道它清醒過來了，在找自己的主人？但是又發現自己的主人已經死了……」看着這隻奄奄一息的花斑狸貓，布布路覺得胸口有點疼。

噹 —— 一道炙熱火焰毫無徵兆地衝向了花斑狸貓。

布布路詫異地回頭，帝奇正站在自己背後，表情複雜地看着這隻怪物。

橘色的火焰轟的一下將花斑狸貓包圍了，危在旦夕的花斑狸貓也不掙扎，反而露出了安詳的神色，慢慢閉上眼睛，仿佛等待這一刻已經很久了……

眨眼間，花斑狸貓便化成一股縹緲的白色靈氣，徹底消失了。

「哇啊！這就是被稱為『隱祕之火』的高級祕術吧？我以前只是聽說，今天還是第一次看到。」胖子驚愕地看着帝奇。

布布路感慨地說：「帝奇，你剛才那道火焰不是為了殺死那隻怪物，而是為了讓它安息對不對？我以前在影王村的墓地裏，經常跟屍體打交道，所以我知道死者甚麼樣的表情是幸福和解脫……」

帝奇瞥了布布路一眼，很難得地耐心解釋道：「是的，我希望它能安詳地離開。因為怪物一旦和人簽訂了契約，就意味着它的命運從此和主人聯繫在一起。如果它的主人死了，那麼怪物的精神也會隨之崩潰。為了減輕它的痛苦，只有用『隱祕之火』讓它解脫，這也是怪物的宿命！」

CREATED BY LEON IMAGE

聽完帝奇的話，布布路的心裏更是難受，這讓他想到了四不像，如果他這個主人遇到甚麼不測的話，四不像是不是也會像這樣崩潰？

布布路把目光轉向四不像，鄭重地承諾道：「四不像，你放心，我一定不會讓你遭遇這樣的事！」

「布魯，布魯！」四不像不領情地朝他吐吐舌頭，拍拍屁股跳向那塊雷石，撿起後就緊緊地護在懷裏，生怕被別人搶走似的！

在花斑狸貓身上獲得啟發的帝奇對仍在苦戰的賽琳娜和餃子喊道：「怪物重傷的時候會恢復神志，我建議你們出狠招！」

甚麼？重傷？餃子和賽琳娜心中頓時一驚。

雖然渾身傷痕累累，但賽琳娜依然不願接受帝奇的建議：「豆丁小子，你要我去把水精靈打個半死？」

「如果是巴巴里金獅，你下得了手嗎？」餃子也反問他。

「我會的，因為猶豫不決只會帶來更大的傷害！」帝奇堅定地回答。

已經失控的怪物卻無法理解主人的苦心，一條藤鞭嗖地從地下冒出，把餃子和賽琳娜捆了個結結實實。

「放開我，藤條妖妖！咳咳咳……」餃子大喊。

捆在兩人身上的藤條不停縮緊，似乎要將他們肺部的空氣全擠出來一樣。

眼看兩人的臉憋成了豬肝色，水精靈也發動起攻擊，碗口粗的水柱直直地噴過來。

「啊——」難道他們的結局就是死在自己的怪物手裏嗎？兩人絕望地閉上了眼睛。

噹噹噹！

危急時刻，兩枚裹着火焰的暗器以迅雷不及掩耳之勢擊中了兩隻正在瘋狂攻擊自己主人的怪物，威力雖然不及「隱祕之火」，但也極具殺傷力。

藤條妖妖和水精靈受了重創，相繼倒地，但它們的眼神卻恢復了清明。

脫離困境的餃子和賽琳娜一臉複雜地望着帝奇，怎麼也說不出感謝的話。

「你們最好快把它們收進怪物卡裏。」帝奇丟下一句提醒的話，便轉身迎戰其他怪物去了。

餃子和賽琳娜趕緊掏出怪物卡，把這兩隻重傷的怪物各自收回，讓它們能夠好好地療傷恢復。

沉睡的泰坦巨人之城
MONSTER MASTER 2

新世界冒險奇談
第十四站 STEP.14

布布路的另一個身份
MONSTER MASTER 2

B級怪物精英隊登場

奪回藤條妖妖和水精靈後，布布路他們終於可以毫無顧慮地反擊了，戰鬥進入了白熱化階段。

眼看「黑爪軍團」的怪物居然被幾個小孩子打得死的死、傷的傷，尼尼克拉爾震怒道：「上！給我上最厲害的怪物！一定要把這些該死的老鼠都幹掉！」

在他的身後，可怕的咆哮聲從四面八方傳來，一雙又一雙血紅色的恐怖眼睛在黑暗中閃現。一大羣身材魁梧的怪物氣勢

洶洶地衝了出來，整個地面都開始震動起來……

胖子緊張地吩咐圖蘇王子「押」着他往四人身邊蹭過去。

「黑爪軍團中的精英隊要來了，都是 B 級怪物，你們……應付得過來嗎？」胖子壓低聲音，偷偷地問他們。

餃子和賽琳娜都負了傷，雖然不是很嚴重，但戰鬥力明顯不如之前。

帝奇表示自己身上的暗器已經所剩無幾。

布布路倒是臉不紅氣不喘，拍拍胸口說：「讓四不像用雷石去電它們！」

可包圍他們的怪物數量太多了！這些怪物還穿着全套的金盾鎧甲，有尖利的獠牙和堅硬如鐵的爪子。它們邁着整齊的步伐，一步步逼近過來。

四不像的雷石能對付幾個呢？

尼尼克拉爾的可怕之處在「黑爪軍團」的精英隊登場後立竿見影地體現出來。

太可怕了！一個怪物大師只能控制一隻怪物，但尼尼克拉爾卻控制着數以千計的怪物——這就是泰坦之心的力量嗎？

「我有個提議，不如用『緩兵之計』吧，先投降，隨後再找機會攻其不備！」判斷出情勢的優劣，胖子低聲對身後的餃子說出了自認為最可行的提議。

餃子也明白雙方實力懸殊，他們根本寡不敵眾，再戰鬥下去，只會白白送命……

為了自己和身邊的同伴，餃子不得不確保後路地問胖子：

「那投降之後呢？」

「之後的話……我來想辦法！」胖子遲疑了一下，使了個催促的眼色。

尼尼克拉爾的耐心已經瀕臨極限，他迫不及待地命令黑爪軍團發動攻擊！

「我們不打了！我們投降！求您放我們一條生路……」餃子高舉雙手，大叫着求饒。

不打了？布布路不解地看向餃子，不知道餃子葫蘆裏賣的甚麼藥。

賽琳娜和帝奇交換了一個心照不宣的目光。

「你向他求饒！不可原諒！」圖蘇王子氣憤地掄起拳頭。

餃子架住圖蘇王子缺少力量的拳頭，沉聲道：「噓！這是緩兵之計……」

圖蘇王子緊咬牙關，仍不願意接受這樣的局面，只是也沒有更好的辦法了。

尼尼克拉爾從鼻子裏發出一聲不屑的冷哼：「這會兒，你們這羣老鼠倒識相了！哼，通通給我綁起來！胖子，給我過來！」

尼尼克拉爾一聲令下，怪物們整齊地後退三步站定，銀斗篷侍衞一擁而上，將布布路他們架在刀劍之下。

胖子連滾帶爬地跑到尼尼克拉爾面前，獻媚地叫道：「大人……感謝大人救我！」

尼尼克拉爾飛起一腳踹在胖子臉上，怒斥道：「廢物！丟我的臉！」

胖子的鼻孔立刻流出兩道鼻血，卑微地垂下頭。

尼尼克拉爾轉而看向布布路他們，邪惡地譏笑道：「斬首！把他們通通給我就地斬首！」

這個卑鄙無恥的小人，就算向他求饒，他也不打算給他們留下任何反擊的可能性！餃子暗暗後悔起自己的決定！

「大人，手下留情！」胖子趕緊跪下去，誠惶誠恐地說，「他們……他們的身份其實都很尊貴，尤其是那一位，他可是卡布拉比國的王子殿下……」說着，胖子的手指向了布布路。

胖子的緩兵之計

甚麼？所有人都愣住了。

「啊？我是甚麼……甚麼蠟筆國的王子？」原來自己是這樣的身份，布布路詫異了。

尼尼克拉爾瞥了眼渾身髒兮兮的布布路，又瞅了瞅他腳旁那隻醜不啦嘰的怪物，又是一腳正中胖子的腹部，怒氣衝衝地吼道：「見鬼的王子！乞丐還差不多！」

「大人，這位王子的品位的確與常人有……比較大的差距，但他們國家的實力非常雄厚，您讓人把他背上的棺材拿來一看，就知道屬下所言非虛。」胖子將自己的身體壓得更低，貌似惶恐至極。

尼尼克拉爾再度狐疑地打量起布布路。

餃子他們已經明白了胖子的意圖，個個屏住呼吸，緊張地

盯着尼尼克拉爾。

　　好一會兒，尼尼克拉爾才擺擺手，示意侍衛照着胖子的說法，把布布路的棺材收繳上來。

　　一個侍衛走過去從布布路背上卸棺材，但他剛提起棺材上的鏈條，就跟跟蹌蹌地向後急退數步，差點被壓趴在地。幾個侍衛見狀一起上來幫忙，誰都沒想到這具棺材入手居然這麼重。

　　「我的棺材！你們憑甚麼拿我的棺材？」唯一搞不清楚狀況的就是布布路，他還掙扎着想去搶回爺爺的棺材。

　　餃子連忙伸手壓上布布路的肩膀，對他搖搖頭。

　　八個侍衛分別從四邊抬着棺材，搖搖晃晃地走到尼尼克拉爾面前，轟的一聲，棺材落地，激得塵土飛揚。尼尼克拉爾被嗆得直咳嗽。眼看他又要發火之際，胖子從侍衛手中搶過一把長劍，對着棺材的一角刮去，上面的漆面落下後，黑金色的光澤顯露了出來。

　　尼尼克拉爾瞬間瞪大眼睛，不可思議地叫道：「這是金盾……金盾做的棺材？」

　　「是的，大人。」胖子將劍往地上一扔，趁熱打鐵地指着棺材說：「這口棺材是用一整塊金盾打造而成，質地渾厚，

一般人根本無法負重，當然布布路王子並非常人，因此背着這麼重的棺材還行動自如。您看看就知道了，只有像卡布拉比這樣歷史悠久的國家才能傳承如此罕見的古物……」

在場的侍衛全是奧古斯人，可以說是整個藍星上最熟悉金盾的人，當然也看出了這口棺材的非凡價值，因此都驚呆了。

察覺到尼尼克拉爾的眼中射出了貪婪的光芒，胖子說得更加天花亂墜：「說到卡布拉比這個國家，它位於琉方大陸的最東面，是一個軍事強國，其富饒的程度足以媲美我奧古斯……這次，布布路王子和他的隨從一路旅行至此，若是我們把他們給殺了，就會引發嚴重的國際問題，那可就不好辦了……」

說到這裏，胖子頓了一下，因為他發現尼尼克拉爾的眼睛正來回掃過棺材和布布路，似是在權衡着甚麼。

「咳咳……尼尼克拉爾大人，我們王子的身份尊貴異常，若是你再繼續怠慢我們，就等着我國出兵把奧古斯夷為平地吧！」一向最會看人臉色的餃子自然對這一切的發展心領神會，他清了清嗓子，就像某國高官一樣，字正腔圓地打起官腔。

尼尼克拉爾瞇了瞇眼，不以為然地說：「你以為我會怕嗎？」說着，他指了指周圍的那一大羣 B 級怪物。

餃子冷笑着，開始大放厥詞：「唉，只不過是一羣 B 級怪物就讓您這麼自信……那要是我們國家的金獅怪物軍團跑到奧古斯來可怎麼辦？那可是一羣 A 級怪物啊！」

「大人，我奧古斯正處在發展階段，在擁有足夠強大的力量之前，我們十分需要這些大國的支援……大人，請您一定要以大局為重！」胖子連忙加油添醋地「勸解」道。

餃子和胖子的一唱一和讓尼尼克拉爾終於動搖了：「好吧，我可以考慮放了他們……」

「大人，您真是英明神武……」胖子諂媚地恭維道。

尼尼克拉爾揮手示意胖子閉嘴，隨即貪婪地指着棺材說：「但是他們必須把這個棺材給我，就當是他們的買命錢！」

「好！」餃子毫不猶豫地答應下來。

「啊哈哈哈哈……都退下，放了他們！」尼尼克拉爾大笑着摸向棺材，此刻他的心神完全被這口棺材俘獲了。

「那是我的棺材！要是弄丟了的話，我會被爺爺罵死的……」重獲自由的布布路着急地想要上前去搶回棺材。

賽琳娜和餃子趕緊一人一手將他按住，還捂住了他的嘴。

「快走！」胖子偷偷對他們比口型。餃子他們立刻拖着布布路，準備撤離。

「慢着！」才走了沒幾步，尼尼克拉爾突然叫住了他們。

大伙兒嚇了一跳，剛邁出去的腳停在了半空 —— 難道尼尼克拉爾發現這是個騙局了嗎？

大批侍衛又擁了上來，將他們包圍在其中。

那種死裏逃生的喜悅轉眼蕩然無存，他們提心吊膽地看着尼尼克拉爾快步走到布布路跟前，一把拉住了他。

完了，死定了！

哪知道尼尼克拉爾舒展開眉頭，笑眯眯地說：「布布路王子，你難得來奧古斯一趟，作為掌權者的我自然應該設宴，好好招待你一下，來來來，我們走吧！」

不管布布路是否願意，尼尼克拉爾拉着布布路邊走還邊談起自己剛剛想好的宏圖大計：「貴國是軍事強國，我奧古斯也不遜色，琉方大陸上誰不知道我國是出了名的泰坦原石大國，布布路王子不如考慮一下，以後我們兩國可以長期合作，發展並組建最為精銳的怪物軍團，到時別說周邊小國，我們能控制的是整個大陸！」

布布路根本聽不懂他說的話，只好敷衍地哼哼了兩聲。

原來鐵甲下的尼尼克拉爾不過是一個趨炎附勢的小人！餃子和胖子無奈地對視一眼，又討好地對尼尼克拉爾說：「精彩，太精彩了！大人的雄心壯志我必定會稟告我國國主，這真是我國夢寐以求的合作。」

餃子的話似乎引得了尼尼克拉爾的歡心。他用力拍着餃子的肩膀：「說得好！我喜歡聰明人……」

帝奇和賽琳娜沉默地跟在後面，內心卻在狠狠模擬暴打尼尼克拉爾的場景。

誰也沒注意到，走在最後的圖蘇王子慢慢抬起頭，眼中流露出前所未有的兇狠目光。

怪物大師成長測試

Q 07 惡人讓你在你爺爺留給你的寶物和自己的小命之間選擇其一，你會如何做？

A. 他敢碰我的寶物和我一根指頭試試！

B. 給啊！保住小命要緊！

C. 思考一個既能保住寶物又能保住小命的方法。

D. 給他寶物可以，但他必須也給我一個寶物做交換！

E. 憑甚麼他說給就給啊！跳起！我要與惡人做殊死搏鬥！

 【解答】

A. 唉，遇上你，惡人真是太可憐了⋯⋯（9 分）

B. 托腮，物是死的，人是活的。留得青山在，不怕沒柴燒！這麼想也沒錯！（5 分）

C. 拜託，現在是危急時刻喲，你確定你能短時間裏想出一個兩全的好方法？（7 分）

D. 喂，搞清楚狀況啦，惡人會那麼傻地跟你做寶物交換？（3 分）

E. 來吧！爆發你的小宇宙！（1 分）

完成這個測試後，你可以得到一隻屬於自己的怪物！

測試答案就在第四部的 202，203 頁，不要錯過哦！！

這是成為怪物大師的必經之路！！！

尊敬的讀者：現在你跟隨布布路一起踏上了成為怪物大師的道路！向所有的困難發起挑戰吧！

MONSTER MASTER

第十四站 ● 布布路的另一個身份 ●

沉睡的泰坦巨人之城
MONSTER MASTER 2

新世界冒險奇談
第十五站 STEP.15
不可折辱的皇族身份
MONSTER MASTER 2

失算的圖蘇王子

布布路他們跟着尼尼克拉爾穿過一條又一條迷宮似的走廊，來到一個富麗堂皇的大廳。

大廳的天花板上嵌了數千塊明晃晃的白色晶石，照得腳下金磚熠熠生輝，牆壁上繪製着精美絕倫的古老花紋，各種由泰坦原石鍛造的器皿隨處可見，更顯金碧輝煌。

尼尼克拉爾往一張流光四溢的皇座上一坐，得意揚揚地介紹道：「這宮殿以前可沒這麼氣派，十年來，我費了一番功夫把

它打造成眼前的模樣，瞧瞧，不錯吧？」

大家的心裏不由得生出一股憤怒之火，尼尼克拉爾如此窮奢極欲，而那些被困在深黑礦井中和垃圾場的奧古斯人卻過得生不如死。

「只會壓榨剝削別人的吸血蟲……」帝奇不屑地低哼一聲。

幸好沉浸在自我滿足情緒中的尼尼克拉爾並沒有聽清楚，反而還熱情地招呼布布路他們在擺滿了珍饈佳餚的餐桌前入座：「各位遠道而來的客人，請坐，今晚就縱情享受一下我奧古斯的美食！」

餃子推了推僵立在原地的布布路，示意他快點坐下，布布路不情不願地挪了挪腳跟。相較之下，四不像很主動地刺溜一下躥上桌，大吃特吃起來。

餐桌上盤子和蛋糕瞬間亂飛，好好的一頓盛宴就這麼給破壞了！

布布路卻覺得很解恨，悄悄對四不像豎起大拇指！

看見尼尼克拉爾不高興地皺起眉頭，胖子連忙又開始胡謅：「大人，卡布拉比不如咱們國家那麼文明，布布路王子的怪物天生比較野，但卻是一隻了不起的神怪，您看它肚子上青色的傷疤，那可是藍星古老的勇士印記……」

「勇士印記？」尼尼克拉爾饒有興致地打量起這隻鐵鏽色的紅毛怪物，心想既然它能從自己的黑爪軍團中逃走，也許如胖子所說的確有甚麼過人之處。

誰也沒有注意，一直暗暗觀察着尼尼克拉爾的圖蘇王子，

此刻見他被胖子的話題吸引，突然猛地從一個侍從的腰間拔出一把劍，奮不顧身地躍上長桌，朝着尼尼克拉爾刺去 ——

「尼尼克拉爾，你的死期到了⋯⋯」

變故出現得太快，布布路四人都來不及阻止，圖蘇王子的劍已經來到了尼尼克拉爾的胸前！

還差一步⋯⋯就差這一步⋯⋯

幾個侍衛從尼尼克拉爾的身後撲出，噹噹噹，刀光劍影交錯中，迅速地攔下了圖蘇王子。

圖蘇王子被侍衛們死死地按在地上，他的眼中燃着熊熊怒火，一邊掙扎一邊大聲唾罵：「放開我⋯⋯尼尼克拉爾，你這個卑鄙陰險的小人！我要殺了你！殺了你！」

尼尼克拉爾驚魂未定地喘過一口氣，震怒地對着布布路道：「王子殿下，這是怎麼回事？莫非⋯⋯你想刺殺我？」

說完，尼尼克拉爾的表情再度變得十分陰森。

餃子見勢不妙，連忙向尼尼克拉爾行了個彎腰禮，急切地辯解道：「不，不，不，我們絕不可能做出這樣的事⋯⋯他，他是⋯⋯」

餃子正在想要如何解釋才能騙過尼尼克拉爾，可布布路再也忍不住了，騰地站起來，直視着尼尼克拉爾大喊道：「他是我們的朋友！快點放開他！」

氣氛瞬間如繃緊的弓弦，幾乎一觸即發。

「哈哈哈⋯⋯朋友？」圖蘇王子發出了歇斯底里的狂笑聲，「少往自己臉上貼金了，我只是在利用你們這羣白痴替我報仇！」

「你在說甚麼啊？我聽不懂……」布布路糊塗了。

「到了現在你還不明白嗎？真是活該被騙！聽清楚了，我是故意接近你們，成為你們的朋友，目的是為了跟你們混進皇宮，找尼尼克拉爾報仇！」圖蘇王子故意大聲地歪曲事實，在注意到布布路受傷的表情後，他連忙避開了視線。

「可是……可是在垃圾場時，你……」布布路喃喃自語着，他還是搞不懂這是怎麼一回事。

賽琳娜難過地在布布路耳邊悄聲說：「他這麼做是不想拖累我們。」

「若是我和你們同行的過程中出了問題，你們可以把我獻給他來換取你們的怪物！」

布布路霍然想到圖蘇王子之前說過的話。難道他想犧牲自己？

「哈哈，找我報仇？你到底是甚麼人？」尼尼克拉爾冷笑着問。

「尼尼克拉爾，你聽着！我乃奧古斯皇族的第一繼承人──圖蘇王子！你殘忍殺害了我整個奧古斯皇室，又長期蹂躪踐踏我的子民，我與你的仇恨不共戴天！」圖蘇王子怒目圓睜，瘦弱的身體劇烈地顫抖着，但嘴裏說出的話字字鏗鏘有力。

「啊哈哈哈哈…………圖蘇王子啊圖蘇王子，我找了你十年，沒想到你今天居然自動送上門來！好，很好，我太高興了！」

尼尼克拉爾放聲大笑，命令侍衛把圖蘇王子押到近前，仔細打量了一番後，他的眼中閃出興奮的光芒。如果布布路沒看錯，他的嘴角甚至扯出了一絲笑意。

「呸，你這個卑鄙小人，少假惺惺了，想殺就殺吧！不過就算你殺了我，你也殺不完整個奧古斯民族！只要奧古斯還留有一人，終有一天你會不得好死！」圖蘇王子毫不示弱地與尼尼克拉爾對視。

尼尼克拉爾輕蔑地一笑，完全不把圖蘇王子的威脅放在眼中。

「你放心，我現在還不會殺你，你也不必仗着自己的皇族身份那麼囂張，因為我很快會取代你的身份，名正言順地統治整個奧古斯！快，把他押到那個房間去！」尼尼克拉爾厲聲吩咐道。

一羣侍衛擁上來，將圖蘇王子架走了。

交換血元素

「圖蘇王子……」布布路着急地想要衝上去救人。

餃子死死地抱住他的腰，在他耳邊低聲警告道：「別衝動，我們必須等一個好機會。」

「沒錯！」帝奇難得贊同餃子的意見。

賽琳娜也安慰似的對布布路微微點頭，胖子更是拚命對四人使眼色，表示自己會想辦法。

布布路咬牙暗自握緊拳頭，眼看着朋友遇險卻無能為力的

感覺真是太難受了……

「哎呀，各位真是太不小心了，居然沒察覺到。不過你們儘管放心，我一定會替布布路王子好好教訓那傢伙，叫他付出最最慘痛的代價！」尼尼克拉爾滿臉笑意地轉向布布路他們，說話的語氣卻是前所未有的惡毒。

「唉，都怪我們王子太單純了，才上了那小子的當！多虧大人出手相救，布布路王子和屬下們都對大人十分感激。不知道大人接下來打算怎麼處置那傢伙？」餃子諂媚地說，想要套出更多資訊。

「我要用他來完成最後的祭典……各位，請跟我來！」尼尼克拉爾神神祕祕地賣了個關子。

胖子對四人偷偷搖頭，表示他也不知道甚麼最後的祭典。

看來接下來只能見機行事了。

一行人來到一間放着一台大型儀器的屋子。

那台儀器是由金盾打造而成的，表面呈黑金色澤，儀器上頭連接着許多細長的金屬管，儀器底端還連着兩張椅子。

這台古怪的儀器該不是甚麼可怕的刑具吧？大家擔心地望向被侍衛押進來的圖蘇王子。

「讓他坐上去！」尼尼克拉爾迫不及待地命令道。

咔咔兩聲，圖蘇王子被強壓進其中的一張椅子裏，雙手被從椅子裏冒出來的鐐銬固定住。

而尼尼克拉爾的手中不知何時多了一個遙控器，他按了按上面的一個鍵，儀器上那些金屬管仿佛有生命一般開始蠕動，

轉眼就爬滿了圖蘇王子全身。

　　尼尼克拉爾獰笑着又按了一個鍵，那些金屬管中猛地突出尖利的針管，所有人還來不及反應，這些針管齊齊刺進圖蘇王子的皮膚！

　　圖蘇王子的額頭上頓時就冒出大滴大滴的冷汗，渾身抖得好像秋風中的落葉，手腳不停掙動！

　　賽琳娜扭過頭，已經不忍心再看下去了。

　　布布路氣憤得青筋暴起，要不是被餃子和帝奇拉着，早就衝上去了！

　　「大人，您這是要做甚麼？」餃子假裝好奇地問。

　　「你們就等着看好戲吧！」尼尼克拉爾殘忍地笑道，似乎很滿意圖蘇王子的淒慘模樣。

　　接下來，出乎布布路他們意料的事發生了，尼尼克拉爾居

然坐上了另一張椅子，那些金屬管另一頭的針頭插入了他的身體內，但古怪的是尼尼克拉爾的表情卻十分陶醉。

「圖蘇王子，接下去，奧古斯就要進入新的篇章了！」尼尼克拉爾興奮地舔了舔嘴脣，第三次按下按鍵 ——

嚇嚇嚇的電流聲傳來，圖蘇王子的臉色逐漸慘白，兩眼慢慢失去了焦距……

「糟了，尼尼克拉爾打算和圖蘇王子調換血元素！」胖子臉色鐵青，驚慌地低叫道。

「甚麼是調換血元素？難道他要殺了圖蘇王子嗎？」布布路抓着胖子的衣領，焦急地問。

「你說過，尼尼克拉爾通過提取各種怪物的血元素來做開採泰坦原石的溶液！難道他也準備對圖蘇王子……」一想到接下來可能出現的可怕場景，賽琳娜就說不下去了。

胖子連忙解釋說：「不，調換血元素和提取血元素是兩回事。我想你們應該都知道，世界上除了古老的水、火、風、土四大元素外，還存在着第五元素 —— 紐瑪……」

四人點點頭，關於第五元素的說明，他們在參加摩爾本十字基地的招生時已經知道了。

「簡單地說，平常人類感覺到的力量、顏色、溫度、氣味等全都是因為第五元素紐瑪進入到這些物質中才形成的。而血元素，也就是融合在血液中的紐瑪，交換之後兩人就相當於進行了一次大換血，藏在他們身上的重要資訊，例如血型、血統、遺傳信息等也都進行了對換……」

胖子的話還沒說完，嘶嘶的電流聲就消失了，圖蘇王子無力地癱軟在椅子上，像是死去了一般。

「啊哈哈……我終於得到了皇族的血元素！從現在開始，我就是奧古斯真正的皇族！」尼尼克拉爾瘋狂大笑着從椅子上站起來，一把拔掉了身上所有的金屬管，輕蔑地轉頭看了一眼虛弱的圖蘇王子：「而你，已經甚麼都不是了！」

他刺耳的笑聲久久迴盪在宮殿裏，令布布路他們感到十分厭惡。

圖蘇王子漸漸清醒過來，憤恨地怒斥道：「卑鄙小人，你的行為違背了神的旨意，一定會遭到懲罰！」

「神的懲罰？」尼尼克拉爾好像聽到了天大的笑話一樣，嘲笑地說：「我的神早就死了！死心吧，神根本看不見凡人的痛苦和掙扎。不然的話，你也不會落在我手裏，也不會失去皇族尊貴的血統，變成一隻永遠只能生活在黑暗下水道的老鼠！」

「你錯了！真正的皇族不會因為被調換了血元素就不再尊貴，而你也不會因為獲得了皇族血統就能獲得奧古斯人民的尊敬！血統永遠都不是衡量一個人的標準，就算你擁有再高貴的血統，你的心也不如一隻下水道裏的老鼠乾淨！」圖蘇王子激動地說完，一口氣提不上來，再度昏死過去。

沉睡的泰坦巨人之城

MONSTER MASTER 2

新世界冒險奇談
第十六站 STEP.16

尼尼克拉爾的野心
MONSTER MASTER 2

塵封的祕密 ——「泰坦之心」的真面目

「圖蘇王子！」布布路着急地想要上前幫忙，不過胖子比他快了一步。

胖子使勁拍了拍昏迷的圖蘇王子的臉，裝出一副惡狠狠的樣子呼喝道：「喂，不要裝死！快醒醒！」

胖子連拍了好幾下，圖蘇王子終於緩緩醒來，大家這才鬆了口氣。

「大人，這個沒用的王子……不，是廢物，您打算如何處置

他？」胖子隨即點頭哈腰地向尼尼克拉爾請示道。

「哈哈，我不會讓他帶着我的血液死去，我要留着他的命！」尼尼克拉爾的眼中射出惡毒又貪婪的光芒，殘忍地說：「我要讓他親自見證我帶領黑爪軍團征服琉方大陸上的每一寸土地，成為新世界的神！誰都無法阻止我的霸業！啊哈哈……」

尼尼克拉爾的邪惡計劃，讓布布路怒不可遏，他咬緊牙關，五官嚴重地扭曲在一起，心中的憤怒之火正愈燒愈旺。

「布布路王子這是怎麼了？」注意到布布路誇張的表情，尼尼克拉爾關心地問。

「這個……啊，布布路殿下有嚴重的暈血症，只要一聽到血這個字就會渾身難受，情緒失控……」餃子胡編了一個藉口，自個兒心裏的底氣都不足。

其他人都送了他一記白眼：你騙鬼啊！

餃子尷尬地笑了笑，不待尼尼克拉爾有思考的機會，迅速轉移話題道：「對於大人的宏偉計劃，我們布布路王子十分有興趣配合，也很想知道，大人打算如何實施呢？」

「布布路王子，請看這枚戒指！」說起他的偉大計劃，尼尼克拉爾興致高昂地舉起右手，向眾人展示戴在自己中指上的一枚戒指。

那戒指上面鑲嵌着一塊殷紅如血的寶石，從外觀來看十分普通，只是盯得時間久了，會莫名讓人產生一種暈眩感。

尼尼克拉爾慢慢地收回手，傲慢地說：「這顆血紅色的石頭就是泰坦之心！」

　　這就是泰坦之心？怎麼可能這麼小？

　　滿意於眾人的驚詫和疑惑，尼尼克拉爾得意揚揚地說：「誰都不可能想到，傳說中的 S 級怪物 —— 泰坦巨人的心臟居然只有這麼一丁點兒！哈哈，就是因為這樣，那些愚蠢的人才會受騙上當，傻傻地去找第十二道暗夜之門，以為那裏藏着泰坦之心，結果全都落到了我的手裏！當然我不是說布布路王子愚蠢，因為你是被這傢伙騙了嘛！」

　　卑鄙！原來泰坦之心一直就戴在尼尼克拉爾手上，第十二道暗夜之門只是陷阱而已。

　　尼尼克拉爾陰毒地瞥了圖蘇王子一眼，滔滔不絕地繼續往下說道：「說起來，我能得到泰坦之心完全歸功於奧古斯皇族的愚蠢！十年前，作為國王禁衛軍首領的我偶然從老國王的口中得知奧古斯與泰坦巨人的關係，還知道皇族掌握着儲存了泰坦能量的泰坦之心。只是，這幫愚蠢的皇族，為了遵守多年前的破契約，不願好好利用泰坦之心的巨大力量。

　　「於是，我產生了一個念頭，如果利用泰坦之心的力量，組建一支強大的怪物軍隊必定能重新管理奧古斯。於是，我趁着老國王熟睡的時候，偷偷溜進他的卧室，用一個假的泰坦之心換了這個真的，而迷糊的老國王卻甚麼也不知道！直到我率領強大的黑爪軍團血洗奧古斯皇宮的那一天他才恍然醒悟。不過，一切都太晚了！啊哈哈……」

　　「小偷！竊國賊！我詛咒你不得好死！」舊事重提，圖蘇王子恨得咬牙切齒。

「哼,愚蠢的傢伙,聽清楚了,我是在拯救奧古斯!只有我才能引領奧古斯開創一段嶄新的歷史!如果沒有我,奧古斯怎麼可能成為琉方大陸上最富有的國家?因為你們這些皇族太過愚蠢,只好由我來代勞了!」尼尼克拉爾高舉起戴着戒指的右手,振振有詞道。

「你是瘋子!一個喪心病狂的瘋子!」圖蘇王子整張臉憋得通紅,氣得差點吐血。

「布魯布魯!」四不像不屑地用鼻孔朝尼尼克拉爾噴氣,不,準確地說,是朝他手上的泰坦之心噴氣。

面對尼尼克拉爾的種種惡行,眾人心中的憤怒和不滿已經瀕臨爆發,緊繃的弦已經拉到了極限——

只要能拿到泰坦之心,就能打倒尼尼克拉爾!

目標很明確,大家正伺機而動,一個侍衛急匆匆地闖了進來,單膝跪在尼尼克拉爾的面前,道:「大人,儀式已經準備好了!」

尼尼克拉爾的精神隨之一振,朗聲道:「布布路王子,關於泰坦之心和我們合作的事,以後有機會再跟你繼續交流。下面有一個偉大又神聖的儀式即將舉行,我想請各位跟我一起見證這個歷史時刻!」

說完,他不忘吩咐侍衛架起圖蘇王子,要王子好好看清楚接下去的事情。

布路的憤怒之拳

片刻後，他們又回到了最初的那個大廳，尼尼克拉爾面對一面描繪着古老圖騰的牆壁，閉上眼睛，高舉雙手，一臉虔誠地對着那面牆唸起了召喚之咒：「泰坦，來自時空盡頭的偉大怪物，我現在以奧古斯皇族的身份召喚沉睡中的你，蘇醒吧！」

尼尼克拉爾從腰間拔出一把匕首，割開自己左手食指，將血滴到了泰坦之心上面……

「他要做甚麼？」布布路不解地盯着尼尼克拉爾的一舉一動。

「噢！他在進行喚醒泰坦之心的鮮血儀式！」胖子重重倒抽了口氣，偷偷向大家解釋道：「泰坦之心是泰坦的力量來源，想要喚醒沉睡中的巨　　　　　人，必須先讓它的心臟蘇醒過來！

因為泰坦與奧古斯皇族締結了生死契約，所以只有皇族繼承人的血才能喚醒泰坦。自從尼尼克拉爾得到泰坦之心以後，十年來他一直在尋找奧古斯第九十九代繼承人——圖蘇王子！為的就是這個目的！」

交換血元素的目的原來在此！

糟了，握有泰坦之心就已經讓他邁入神之境界，一旦泰坦巨人蘇醒，尼尼克拉爾豈不是無敵了？

所有人都臉色慘白，忐忑不安地四下張望着，泰坦巨人真的會蘇醒嗎？

「哈哈哈，最後的泰坦巨人即將醒來，十年了，我的夢想終於要實現了！布布路王子，我會讓你看到一支超級強大的怪物軍團！通通

是 A 級，不，S 級的怪物軍團！當這支具有超強戰鬥力的黑爪軍團掃平琉方大陸、征服整個藍星的時候，我將成為這個世界的神！」尼尼克拉爾唯我獨尊般地揚起戴有戒指的右手。

「啊，對了，布布路王子，看在我們還算不錯的交情上，只要你肯乖乖歸順於我，我可以將卡布拉比作為一個附屬國，並授予你領主的封號！哈哈……」尼尼克拉爾瘋狂大笑起來，顯然已經被巨大的野心衝昏了頭腦，完全沉浸在他未來的怪物帝國中了。

「那我就提前送你一個禮物吧！」被激怒的布布路正面迎着尼尼克拉爾走過去。

砰——

一記鐵拳結結實實地砸在尼尼克拉爾的臉上！

「管你是神還是甚麼！我要成為一名傑出的怪物大師！專門打倒你這樣的渾蛋！」

「噢！」這一拳讓尼尼克拉爾發出一聲悶哼，步履不穩地連連後退。

「噢噢噢噢——」

周圍的侍衞發出一片驚呼，天哪，他們從沒見過有誰能打倒尼尼克拉爾！更不可思議的是，這個打倒他的人竟然只是一個小男孩！

尼尼克拉爾好不容易回過神來，暴跳如雷地咆哮道：「你敢打我！不管你是甚麼王子，都罪不可赦！來人，把他們通通給我抓起來！」

侍衞們紛紛抽出劍，將布布路他們團團包圍了。

怪物大師成長測試

Q 08　如果有一天，有人用卑鄙的手段得到了泰坦之心，讓你和他聯手稱霸世界，你會怎麼做？

A. 拒絕合作，誰知道他會不會在目的達到之後背叛我？

B. 開玩笑，稱霸世界的只能是我，不能有兩個人！

C. 堅決不合作，而且要打敗他，將泰坦之心物歸原主。

D. 懷疑，這人是不是打算利用我？

E. 假裝答應，等事成之後再對付他。

A　【解答】

A. 沒錯，這種人通常都不可信任。（5分）

B. 好吧，你是神，不需要同伴……（9分）

C. 鼓掌，看來你是個很正直的人，不過，你確定能打敗這個人？對方能得到泰坦之心，也不是泛泛之輩哦！（1分）

D. 大家都會這麼懷疑的。（3分）

E. 你！你！你有多邪惡啊！（7分）

完成這個測試後，你可以得到一隻屬於自己的怪物！

測試答案就在第四部的202，203頁，不要錯過哦！！

這是成為怪物大師的必經之路！！！

MONSTER MASTER ✦I LOVE DREAMS✦

·尊敬的讀者：現在你跟隨布布路一起踏上了成為怪物大師的道路！向所有的困難發起挑戰吧！

●第十六站●尼尼克拉爾的野心●

新世界冒險奇談

第十七站 STEP.17

契約之血

MONSTER MASTER 2

賭上性命的告白

　　一切都來不及了，擁有了奧古斯皇族血統的尼尼克拉爾即將喚醒泰坦巨人，世界將邁向黑暗的新紀元……

　　「啊哈哈……」就在這時，大廳裏卻爆出一陣刺耳的嘲笑聲。

　　大家扭頭看去，這個大笑的人竟然是圖蘇王子。

　　「他為甚麼要笑？」布布路不解地問。

　　「也許他太傷心，所以瘋了……」餃子推測道。

　　賽琳娜和帝奇也困惑地互相看了看。

尼尼克拉爾惱火地問：「你這隻該死的老鼠，笑甚麼？」

圖蘇王子臉色蒼白，整個人搖搖欲墜，但他毫不畏懼地衝尼尼克拉爾大喊道：「尼尼克拉爾，你這個小人！你的野心是不可能會實現的！你難道還沒察覺嗎？你的血滴下去那麼久了，為甚麼泰坦巨人還沒有蘇醒？啊哈哈……」

「確實，泰坦之心怎麼一點反應都沒有？」

「泰坦巨人沒有被喚醒嗎？」

「難道說，一切都只是傳說，泰坦巨人根本就沒有陷入沉睡，而是早就戰死了嗎？」

不僅是布布路他們，連侍衛間也開始竊竊私語。

圖蘇王子終於停止大笑，冷冷地說：「尼尼克拉爾，我勸你最好不要得罪這位高貴的卡布拉比國王子，不然他如果真的派來 A 級怪物軍隊，你壓根兒招架不住，因為你根本就無法喚醒泰坦巨人！而且永遠都不可能喚醒！」

「你這話甚麼意思？」尼尼克拉爾的眼中凶光畢露。

圖蘇王子注視着尼尼克拉爾殺氣氾濫的臉，一字一頓地說：「你聽好了，我只是個冒牌貨！一個徹徹底底的冒牌貨！」

甚麼冒牌貨？大家面面相覷，不明白圖蘇王子的意思。

「實話告訴你，我並不是甚麼圖蘇王子！我的真名叫梅林，只是個從五歲起就不得不在垃圾場裏生活的孤兒！你不是最看不起像我這樣骯髒又卑賤的老鼠嗎？可你現在身上流的血偏偏就是你最看不起的老鼠的血液……啊哈哈，你活該！真是活該啊！」這個自稱叫梅林的男孩似乎豁出去了，不要命地一個勁激

怒尼尼克拉爾。

「這個圖蘇王子也是假的？那真的圖蘇王子是誰？啊呀，我搞不懂了……」布布路抱着腦袋，思維一片混亂。

「呵，這個玩笑開大了！我們居然被『圖蘇王子』這個頭銜連着騙了兩次！」餃子單手撐着臉上的面具，哭笑不得地說。

賽琳娜瞪着胖子，不滿地質問道：「我說，你們國家到底有沒有圖蘇王子這個人啊？」

「這個……」胖子欲言又止，焦慮的目光掃過尼尼克拉爾，又轉向梅林。

帝奇對王子的真假沒甚麼興趣，但是尼尼克拉爾的願望落空，實在是大快人心！

「你這個該死的……該死的賤民！」尼尼克拉爾勃然大怒，狠狠一腳踹在梅林的腹部，將他踹翻在地。

「咳咳咳……啊！」梅林痛苦地蜷縮起手腳，這一腳的力道太大了，他的五臟六腑都好像碎掉了，血腥味湧上喉頭，他吐出一大口血。

「膽敢愚弄我，不管你是誰，今天我都要取你性命！」尼尼克拉爾不解恨地搶過侍衛手中的劍，劈頭朝梅林砍去！

這下完蛋了，梅林根本躲不過尼尼克拉爾這一劍！

被侍衛包圍的布布路他們也不可能救得了他！

一瞬間，大家的心都提到了嗓子眼。

滴答，滴答，滴答……殷紅的鮮血順着劍鋒一滴一滴地滴落在地。

所有人都驚呆了！一直以來唯唯諾諾又貪生怕死的胖子竟然擋到了梅林身前。尼尼克拉爾那一劍不偏不倚正砍在胖子背上，血花四濺中，胖子勉強扯了扯嘴角，像是在對梅林微笑。

「你在做甚麼？快讓開！」梅林驚慌失措地想要推開胖子，但他的手伸到一半就停住了，眼中出現了難以置信的光芒：「你⋯⋯你難道是⋯⋯」

胖子對梅林吃力地搖搖頭，示意他別出聲。

他們兩個在打甚麼啞謎啊？

胖子齜着牙，硬撐一口氣從地上站了起來，對尼尼克拉爾懇求道：「大人，何必為了一個垃圾堆裏的臭小鬼弄髒您的手呢！要讓他生不如死的方法多的是⋯⋯」

胖子的血濺了不少在尼尼克拉爾身上，他寒着一張臉，目光陰險地盯着胖子。

胖子那張臃腫的臉因疼痛而劇烈抽搐着，但他頑強地站在

梅林和尼尼克拉爾之間，似乎已將生死置之度外。

「胖子，你也要違抗我嗎？你以為我的智商很低，所以隨便糊弄兩句就能蒙混過關了嗎？」尼尼克拉爾冷笑着舉起劍，對準胖子的喉嚨直刺過去！

「不要啊！」

「胖子！」

梅林和布布路四人同時發出驚呼。

地動山搖！命懸一刻之際

就在胖子的性命危在旦夕之際，宮殿突然劇烈晃動起來，黃金地磚碎裂成一塊一塊，所有人都搖搖欲墜。尼尼克拉爾驚慌地用劍抵住地面，大喝道：「怎麼回事？來人啊，讓它停下來！停下來！」

「大人，是地震！」

「救命啊，要掉下去了，我們要被沙漠吞沒了……」

「奧古斯要被毀滅了！快逃啊！」

伴隨着地下傳來的驚天動地的隆隆巨響，宮殿裏的侍衛好像無頭蒼蠅一樣，到處亂跑，再也顧不上抓捕布布路他們了。

布布路蹲低身子，單手一撐，很好地掌握住了平衡。

「布魯！布魯！」四不像拍打着隨着地震而高低起伏的地磚，似乎玩得很開心。

「啊──我要摔下去了！」

一腳踏空的賽琳娜眼看就要掉進地面之間的裂縫，餃子連

忙甩出長辮！

　　賽琳娜險險地抓住了餃子的辮子，但她的身體仍然不受控制地整個向前傾去，幸好布布路及時回過身去，用另一隻手撐住了賽琳娜。

　　三人就像練高難度的舞蹈動作一樣，歪歪扭扭地抓在一起，勉強保持平衡。而帝奇靈巧地在錯落的地磚間靈活跳躍，從小所受的訓練讓他渾然不把這場地震當回事，應付得十分輕鬆。

　　劇烈的地震持續了好一會兒，才漸漸停止。

　　大家都是一副驚魂未定的表情，整個宮殿裏靜得詭異，只剩下此起彼伏的粗重喘息聲。

　　「布魯！」突然四不像甩了甩那對長耳朵，又用力踩了踩不平整的地面，眼睛霍然瞪大，射出兩道幽綠幽綠的光芒！

　　「它怎麼了？」餃子不明所以地問。

　　布布路似乎感應到了四不像的緊張，急忙提醒大家：「可能有情況！」

　　撲通，撲通，撲
通……一個沉悶的聲

音從地底深處傳來，每一聲之間都有固定的節奏，就像巨大的心跳聲，而大家的腳下也隨着聲音的節奏而上下震動。所有人都畏懼地豎起耳朵，害怕地盯着地面。

「哇啊，快趴下，這可能是新一輪地震的前兆！」餃子猛然一驚，所有人紛紛張開四肢，像蜥蜴一樣緊貼地面。

連尼尼克拉爾也不顧形象地伏倒在地，一動都不敢動。

過了好一會兒，大地卻像沉睡了一樣，完全沒有反應，只是那有節奏的撲通聲並未停止，好像敲擊在所有人的心頭一般，極為震撼！

布布路耐不住性子，翻身從地上爬起來，想要到宮殿外面去看看。

「是誰喚醒了老朽？」一個雷鳴般的聲音突然響起，把布布路震回到了地上。

那聲音厚重威嚴，仿佛無處不在，從天上地下擠壓過來，灌入所有人的耳中。

「誰……誰在說話？」尼尼克拉爾顫抖着嗓音問道，語氣中有興奮，也有不安。

「是誰喚醒了老朽？」那聲音又緩慢地重複了一遍，那種令人窒息的壓迫感讓每個人的心瞬間被一種未知的恐懼籠罩了。

四不像的眼珠子骨碌碌地轉了一圈，猛地朝着一面依然完好無損的牆壁撲去：「布魯！」

大家順勢看去，牆壁上的泰坦原石就像有生命一般一塊一塊地移動起來，凹凸變化之下，一張巨大的臉從裏面慢慢地映了出來！

沉睡的泰坦巨人之城
MONSTER MASTER 2

新世界冒險奇談
第十八站 STEP.18

最後的泰坦巨人
MONSTER MASTER 2

蘇醒了，泰坦巨人

　　牆面浮現出一張巨大的臉，黑洞洞的眼眶裏跳躍着金色的光芒，石頭的眉毛、石頭的鼻梁，底下裂出一道巨大的口子，好像嘴巴一樣開開合合，裏面還發出了好像風聲一樣呼呼的喘氣聲。

　　「哇噢噢噢——怪，怪物——」布布路驚奇地大叫起來。

　　「是泰坦巨人！它蘇醒了！」失血過多的胖子慘白着一張臉，卻難掩激動地說。

那不就意味着，誰都無法再阻止尼尼克拉爾的野心了嗎？

來奧古斯之前，布布路還想着有生之年若是能見到泰坦那實在是太幸運了，但現在他卻希望從沒許過這個願望！

一時間，絕望的陰影覆上了大家的心頭。

「啊哈哈……是我！是我喚醒了你！」尼尼克拉爾興奮至極，衝到巨臉跟前瘋狂大笑。

可是讓尼尼克拉爾始料不及的是，泰坦居然看都不看他一眼，冷漠地說：「不，你不是喚醒老朽的人。」

這個答案讓尼尼克拉爾的笑聲戛然而止。

布布路他們愣了一下，頓時有種如釋重負的感覺，不是尼尼克拉爾，那一定是梅林！他一定是真正的圖蘇王子，就算被尼尼克拉爾強行調換了血元素，但皇族始終是皇族！

「甚麼？不是我？你這隻愚蠢的怪物，感覺不到我身上的皇族血統嗎？是我喚醒了你！是我！」尼尼克拉爾絕對沒有想到蘇醒的泰坦巨人居然不承認他是主人！沒有泰坦巨人的幫助他怎麼建立所向無敵的黑爪軍團？怎麼成為新世界的神？尼尼克拉爾赤紅着雙眼，惱羞成怒地咆哮道：「怪物，服從我的命令，為我征服整個世界！不然我能讓你醒過來，就可以讓你繼續睡下去！」

「你不是老朽的主人。你的願望老朽無能為力。」泰坦無視尼尼克拉爾的威脅，眼眶中的金色光芒閃爍着，——照過眼前的所有人。

當那兩束光聚集到布布路身上時，泰坦似乎想要探究甚麼似的，金色光芒忽明忽暗，繞着布布路打轉。

　　布布路毫不膽怯地回視着泰坦，而他肩膀上的四不像更是耀武揚威地衝着泰坦吐了吐舌頭。

　　「怎麼回事？難道喚醒泰坦的是這個卡布拉比的王子？」

　　「別開玩笑了，他又不是奧古斯皇族的成員……」

　　「難說，說不定他才是真正的圖蘇王子！只不過他逃出了奧古斯城，現在又回來復仇了……」

　　侍衛羣中一陣騷動，這些話飄進尼尼克拉爾的耳中，使得他整個人都愈發狂躁：「好，很好！怪物，你不聽我的話，我會讓你付出代價的……還有你，布布路王子，我本來想和你好好合作的，但現在你看上去太礙眼了！我一定要除掉你，永絕後患！」

　　「黑爪軍團，通通給我出來！給我把這個愚蠢的怪物，還有這個該死的王子全部幹掉！」尼尼克拉爾一聲暴喝。

　　一羣 B 級怪物黑壓壓地擁入大廳，踏着整齊的步伐，氣勢洶洶地朝泰坦逼近過來。

　　「喂，你們這羣傻瓜還站着幹甚麼？都給我動起來！誰要是不給我拚命的話，我就讓他成為黑爪軍團今天的晚餐！」尼尼克拉爾飛起一腳，踹上離自己最近的侍衛。

　　所有的銀斗篷侍衛齊齊拔出劍，直朝布布路他們砍去……

　　「住手！」泰坦的聲音如同雷聲一般在天地間轟鳴，震懾了每個人的心神。突然，泰坦那張巨大的臉從牆上消失了，下一秒，卻浮現在天花板上，冷冷地俯視着尼尼克拉爾驚愕的嘴臉：「老朽從不與爾等小輩爭鬥！」

　　「快，都給我爬上去！一定要徹底把它打得粉碎，才能消我

心頭之恨！」忌憚泰坦的能力，尼尼克拉爾急於想要消滅這個心腹大患。

黑爪軍團的怪物開始一個踩着一個，往天花板上衝去！

然而就在他們靠近的剎那間，泰坦又從天花板上移動到了柱子上，它神出鬼沒地遊走在整個宮殿內，尼尼克拉爾的黑爪軍團根本就無法跟上它的速度。

最後，泰坦像是沒了興趣，地面、牆壁、天花板、大門……每一處都出現了泰坦的巨臉，無數道金色的光芒放射在那些 B 級怪物身上，原本極富攻擊性的怪物瞬間都停下了，一雙雙空洞的眼眸恢復了清明的神采，朝拜似的跪趴在地上。

「起來，給我起來！你們這羣混帳在幹甚麼啊？」尼尼克拉爾一邊呼喝着黑爪軍團，一邊高舉起劍，不顧一切地劈砍着他所能砍到的每一張泰坦的巨臉。

每一劍都用盡全力，但沒有一劍能傷泰坦分毫！

吭 ── 劍鏗然斷裂，尼尼克拉爾拿着斷劍，對着侍衛們高聲疾呼：「你們這羣傻瓜，快過來保護我！聽到沒有？」

「別過去！」胖子全身倚在一根柱子上，聲嘶力竭地喝道：「你們不必再聽從他的命令了！泰坦已經瓦解了黑爪軍團，尼尼克拉爾已經沒辦法指揮這些怪物做壞事了！你們不用再怕他了！」

侍衛們看了看泰坦，又看了看尼尼克拉爾，突然頓悟了甚麼 ──

「沒錯，我們不用怕了！我們不用再為他賣命了！」

「太好了，讓尼尼克拉爾這個渾蛋去死吧！我們自由了！」

尼尼克拉爾的末日

侍衛們紛紛脫下盔甲，扔掉武器，將長年以來壓抑在他們心中的不滿和怨恨都宣泄了出來。

「你們膽敢違背我的命令！你們……你們不怕自己的家人通通腦袋搬家嗎？」尼尼克拉爾的臉色難看到了極點，他已經意識到自己現在的處境岌岌可危，但仍不死心地做出最後的威脅。

尼尼克拉爾的話讓侍衛們再度陷入了猶豫，要知道他們的家人都被關在皇宮的某處，受到尼尼克拉爾的掌控。

這時，胖子深吸一口氣，鼓起勇氣說：「偉大的泰坦，請幫助奧古斯人解決這個罪惡滔天叛亂分子吧！這個叫尼尼克拉爾的男人，他霸佔了我奧古斯整整十年，不僅將皇族成員幾乎趕盡殺絕，還搶奪奧古斯的所有資源，奴役奧古斯人在深黑礦井裏沒日沒夜地開採泰坦原石，並將那些老弱病殘扔進垃圾場，任由他們自生自滅。最令人不可原諒的是，他還不停地派人四處搜羅各種怪物，組建了一支黑爪軍團維繫他的殘暴統治，每一隻怪物都必須為他戰鬥到死！而老弱無用的怪物則會被他用極其殘忍的辦法提取身體內的血元素，成了開採泰坦原石的溶劑……」

胖子一口氣將尼尼克拉爾十年來的諸多罪狀公之於眾，不僅他自己愈說愈氣憤，周圍的侍衛們也連聲附和，恨不得將尼尼克拉爾大卸八塊。

「罪惡之人必將為自己的惡行付出代價，泰坦，請幫助我們

吧!」胖子將右手放到胸前,彎腰鞠躬,行了一個皇室之禮。那氣度和風采讓大家都看呆了,賽琳娜不禁喃喃自語道:「沒想到,胖子還蠻帥的,真像一國的王子啊……」

「渾蛋,你算甚麼東西?膽敢公然挑戰我,活得不耐煩了吧!」尼尼克拉爾揮舞着斷劍,直向胖子的胸口刺去!

來不及了,誰也來不及救他,正當所有人絕望之時,奇跡發生了──

「謹遵閣下的願望!」泰坦莊重的聲音響起,轟隆隆的一聲巨響傳來,眾人腳下一陣踉蹌,一隻由泰坦原石組成的巨手從地面赫然伸出,一把將尼尼克拉爾舉到了半空!

「噢噢噢！泰坦好厲害啊！」布布路激動地大喊。

「放開我！放開我！你這隻白痴怪物！」尼尼克拉爾拚命踢動雙腳，但此刻在強大的泰坦面前，不管他做甚麼都是多餘的！

「你的聲音，難聽至極，老朽不甚喜歡！」泰坦不耐煩地左右搖晃起尼尼克拉爾。

尼尼克拉爾被搖得頭昏腦漲，身上的鎧甲丁零噹啷地掉了一地。

那枚鑲着泰坦之心的戒指也骨碌碌地滾落在地，掉到了胖子的腳邊，胖子順着柱子滑坐下去，撿起了戒指。

被卸去厚重鎧甲的尼尼克拉爾耷拉着腦袋，死氣沉沉地懸在半空中，而目睹他真身的人全都露出了難以置信的表情。

天哪，那個看起來高大威武的尼尼克拉爾竟然只是個乾癟矮小的侏儒！布布路四人徹底傻眼了。

「啊哈！這就是尼尼克拉爾的真面目？太可笑了吧……」餃子抱着肚子哈哈大笑。

而四周的氣氛也在這一瞬間陡然改變了。

奧古斯的侍衛們居然被這樣一個侏儒給欺壓了十年之久！

「殺了他！」

「殺了他！殺了他！殺了他……」

不知道是誰喊出了第一聲，接着愈來愈多的聲音加入了。

在眾人的謾罵聲中，尼尼克拉爾終於意識到自己壞事做盡，在劫難逃，臉上流露出了極其害怕的表情。

「不行，我們不能殺他！這太便宜他了！」坐在地上的胖子提出了反對意見：「他犯下了那麼多不可饒恕的罪行，應該將他投入深黑礦井裏終日勞作，讓他也嘗嘗奧古斯人所遭受的種種痛苦！」

胖子的話立刻得到了大家的一致認同。

泰坦將尼尼克拉爾往地上一丟，一些侍衛便倒戈衝了上來，在他的手腳上都銬了鐵鏈，將他押走了。

淪為階下囚的尼尼克拉爾仍然不死心地喃喃自語：「不，我沒有失敗，我不會失敗的！我是新世界的神！我絕對不會成為奴

隸⋯⋯我是統治者，我是新世界至高無上的統治者⋯⋯」

等到尼尼克拉爾的聲音漸漸消失在大家耳邊後，賽琳娜才感慨地悄悄對布布路三人說：「沒想到尼尼克拉爾居然是個侏儒。據我所知，在藍星上，侏儒一族的命運是非常悲慘的。歷史上有記錄，一直住在地下過着洞穴生活的侏儒族曾經大批地被人類捕獵和俘虜，人類把他們當作奴隸一樣使喚，踐踏他們的尊嚴，蹂躪他們的肉體⋯⋯對侏儒族來說，那是一段異常黑暗的時光！尼尼克拉爾或許就是因此才扭曲了自己的價值觀，想要凌駕在所有人的頭上，最終成了一個徹頭徹尾的壞蛋！」

「唉，這麼說他也是個悲劇角色⋯⋯自卑又陰暗，內心充滿了仇恨，最後的下場也挺淒慘啊！」餃子極具表演細胞地直搖頭，看起來很是痛心疾首的樣子。

「但我覺得無論一個人遭受了怎樣的痛苦，都不應該將這樣的痛苦再繼續強加到別人身上！所以我還是無法原諒尼尼克拉爾！」布布路一本正經地說。

帝奇沒有吭聲，不過從表情來看，他對布布路的認同感倒是增加了不少。

「嗷！嗷！好痛！好痛！頭好暈⋯⋯你們可不可以先來幫幫我？」胖子哼哼唧唧的叫聲引起了大家的注意，哎呀，大家這才記起他剛剛挨了尼尼克拉爾一劍，還流了好多血呢！

不過也因為他剛剛的舉動，此刻所有人都對他刮目相看了。四人一擁而上，七手八腳地把胖子扶到房間裏，並忙上忙下地從櫃子裏翻出急救包，替胖子處理傷口。

怪物大師成長測試

Q09 如果有人當着你的面要殺你的朋友，你會怎麼做？

A. 當然是衝上去，拚了性命也要把朋友救出來！

B. 給他自己所有的錢，求他放過朋友。

C. 敢當着我的面殺我朋友？他明顯不把我放在眼裏，殺了他！

D. 關我甚麼事？

E. 嗯，讓我評估下這個朋友對我的重要性，再採取相應的行動！

 【解答】

A. 有情有義，相信你的朋友也會為了你奮不顧身的。（1分）

B. 有錢能使鬼推磨？萬一這招不靈了怎麼辦？（3分）

C. 你很強大！不過，我怎麼覺得比起朋友，你更在乎自己？（7分）

D. 的確，你也沒有朋友！（9分）

E. 哈？你的朋友還分重要和不重要？（5分）

完成這個測試後，你可以得到一隻屬於自己的怪物！

測試答案就在第四部的 202，203 頁，不要錯過哦！！

MONSTER MASTER A NOVEL DREAMER

這是成為怪物大師的必經之路！！！

尊敬的讀者：現在你跟隨布布路一起踏上了成為怪物大師的道路！向所有的困難發起挑戰吧！

第十八站●最後的泰坦巨人●

沉睡的泰坦巨人之城
MONSTER MASTER 2

新世界冒險奇談
第十九站 STEP.19

偉大的心願
MONSTER MASTER 2

勝利之日

砰——

皇宮廣場上禮炮齊鳴，舉國歡慶，沉寂了十年的奧古斯一下子變得沸騰起來！

「自由了！我們自由了！」

「很久很久沒有這麼痛快了！」

「現在的奧古斯才是我們真正的家園！」

「奧古斯的同胞們，尼尼克拉爾的政權被推翻了！我們自

由了！」

奧古斯都城的上空響起了宣告解放的呼聲。

人們紛紛湧入深黑礦井和垃圾場裏，將那些被奴役的人們全都解救出來。

皇宮內，幾個侍衛長和包紮好傷口的胖子還有梅林坐在一起，認真地探討着一些必須馬上處理的內務。

布布路四人則蜷縮在一邊的角落裏，瞌睡連連。

「黑爪軍團裏那些被尼尼克拉爾強行掠奪來的怪物怎麼辦？」其中一個侍衛長問道。

胖子思考片刻，條理分明地說：「我們先統計並列明所有怪物的名稱和種類，再由奧古斯外交部出面，在琉方大陸遍發尋人啟事，通知怪物的主人來認領它們。若怪物的主人不在了，就由我們負責照顧這些怪物，為它們找到合適的歸宿！」

幾個侍衛長無不對胖子的決斷能力刮目相看，這個一直在尼尼克拉爾面前表現得最卑賤的傢伙原來隱藏着這樣的一面！

「好了現在就由圖蘇王子繼承皇位，一切便圓滿落幕了。」胖子笑瞇瞇地說。

「你不要再裝了，明明你才是真正的圖蘇王子！你才是真正的繼承人！」梅林忍不住提高音量。

誰都沒想到，這兩個人居然會為了不當奧古斯的首領而爭執不休！

被吵得瞌睡蟲都跑掉的布布路睜開眼，掏了掏耳朵，迷糊地問道：「喂，你們倆到底誰才是奧古斯的王子啊？」

梅林急得漲紅臉：「你們聽我說我真的不是圖蘇王子——」

原來，梅林的父親其實是皇宮裏的一名廚師。

十年前的政變中，梅林的父母不幸遇難，五歲的他與一羣老弱病殘的平民被尼尼克拉爾派人扔進了垃圾場，垃圾場裏所有人都過着生不如死的生活，梅林試着從垃圾場的各個通道尋找出路，不知不覺間，他走出了垃圾場，來到了城郊的山頭。

梅林看着浩瀚無垠的沙漠和碧藍遼闊的天空，忽然感覺到某種希望，於是他跪在地上向神明祈禱，希望獲得解救。

禱告結束後，梅林睜開眼睛，一個黑影出現在他面前！

那一刻，他欣喜若狂，以為真的是神明顯靈了！那個黑影拉着梅林的手，將一張通緝令和一個耳環交給他，告訴他那是象徵奧古斯皇族的耳環。

黑影要求梅林以奧古斯皇族的第一繼承人——圖蘇王子的身份活下去，直到奧古斯重獲光明的一天！他對梅林說這是一個迫不得已的請求，希望梅林能答應。如果奧古斯的人民知道圖蘇王子還活着，就會懷抱希望。對於陷入苦難中的人民來說，希望便是最重要的東西！

於是從那天起，梅林變成了圖蘇王子，盡他所能地擔負起照顧奧古斯人的責任。

梅林說着，再度將耳環展示給眾人看。

「那個黑影到底是誰？他怎麼會有奧古斯皇族的耳環？我覺

得他一定非常瞭解圖蘇王子……」賽琳娜皺着眉頭，尋思道。

「雖然我不知道他是誰，但我記得他身上有個特別的標記！當他把耳環和通緝令遞給我的時候，我清楚地看到了他的手腕上有一個雙頭鷹的圖案！而剛剛我在一個人身上也看到了相同的圖案！」說完，梅林一把拉開了胖子右手的袖子，只是那肉嘟嘟的胳膊上根本沒有甚麼雙頭鷹的圖案。

「不可能，我不可能看錯的！剛剛你救我的時候，我明明看到了……」梅林不死心地去拉開胖子另一隻手的袖子，結果依然甚麼都沒有。

「怎麼回事？為甚麼不見了？」梅林疑惑地喃喃自語。

胖子放下自己的袖子，拍了拍他的肩，安慰道：「不管怎麼樣，現在你就是圖蘇王子。就像你說的，神明降臨了，他賜予了你責任，而你也一直都做得很好。相信在未來的日子裏，你一定能更好地保護你的臣民。而且剛才你還喚醒了泰坦，這就證明連泰坦也認可了你的身份，你還有甚麼好擔心的呢？你就是圖蘇王子！」

梅林和胖子相互對視，一個疑慮重重，一個滿臉笑容。

「可我覺得，喚醒泰坦的人不是我……」梅林遲疑地說。

「是你！當然是你！還包括他們四個怪物大師預備生！要不是你們，泰坦怎麼會復活，奧古斯怎麼可能重新得到生機？」胖子笑嘻嘻地將所有榮譽都歸結到梅林和布布路四人身上。

這反而加深了梅林和布布路他們的疑問，胖子搞甚麼鬼啊？為甚麼生怕別人把自己當英雄看一樣啊？

　　明明這十年來過得最艱辛的人應該是胖子，他忍辱負重，苟且偷生地待在尼尼克拉爾身邊，不就是為了今天嗎？

　　大家狐疑的目光集中到了胖子身上，胖子不自在地笑了笑，從口袋裏掏出那枚鑲有泰坦之心的戒指，將它戴到梅林的手上，真誠地說：「我懇請你，一定要像家人一般好好對待所有的奧古斯人，不要像尼尼克拉爾那樣讓他們過着水深火熱的生活。」

　　胖子說這話時的神情前所未有的莊重，握着梅林的手也暗暗多了幾分力量。

　　「你……」梅林還想推辭，胖子卻搶先一步，向布布路四人宣佈道：「為了感謝各位為奧古斯做出的貢獻，同時也為了紀念奧古斯嶄新時代的來到，我們決定再舉行一次連桌宴！這次一定讓大家盡興！」

　　「布魯布魯！」提到吃，四不像第一個歡呼起來。布布路也激動得一蹦三尺高。

王子的三個願望

　　盛況空前的連桌宴一路擺進了皇宮裏，空氣中彌漫着各種美味佳餚的香氣，光是聞着，就讓布布路和四不像的口水嘩啦啦地直往下淌。

　　啪啪啪……奧古斯人一看到布布路四人出現在長桌邊，立刻熱烈地鼓起掌來。

「你們是奧古斯的英雄，也是所有奧古斯人的朋友，別客氣，想吃甚麼想喝甚麼儘管點。」主持人黑鯛的招呼根本是多餘的，布布路和四不像早就風捲殘雲般掃蕩起長桌上的菜餚。

　　雞腿、牛排、肉餅……凡是肉食一個都不放過，通通往嘴巴裏塞去，吃得滿嘴流油，好不痛快！

　　當賽琳娜正打算上前協調布布路的飲食時，一旁的帝奇狀似不經意地說：「能大吃大喝也就今天，等回到十字基地，他又要變成人人唯恐避之不及的『惡魔之子』了。」

　　賽琳娜愣了一下，隨即跑到帝奇身後，用力拍他的背，爽朗地笑道：「豆丁小子，看不出來你還蠻關心布布路的嘛！」

　　帝奇一口氣岔了，埋着頭不停咳嗽：「咳咳咳……你……都

說別叫我豆丁小子了！」

　　餃子提着一壺佳釀，擠過熙攘的人羣，來到黑鯛面前，厚着臉皮提出盤算已久的願望：「黑鯛老師，您是我心目中最偉大的學者，我真的很尊敬您的學術知識，所以您可不可以送給我一套親筆簽名的作品集？在這裏，我先敬您一杯！」

　　「哈哈，那有甚麼問題？來來來，喝酒。」黑鯛高興地和餃子碰杯。

　　「嘻嘻……」餃子一飲而盡，偷偷在狐狸面具底下賊笑不止，耶，這回賺翻了！

　　在大家沉浸於盛宴的歡慶氣氛時，有個身影小心翼翼地避開人羣，離開了會場。

　　夜空的月亮特別圓，一路照着那個身影來到了奧古斯的城門口。

　　「泰坦！」那身影對着一面城牆低呼道。

　　「閣下找老朽有何吩咐？」牆壁立刻起了變化，泰坦的巨臉浮現而出。

　　「我希望您能聆聽我的幾個願望，並實現它。」那身影仰着頭，背挺得很直，聲音中更是充滿王者的威嚴：「奧古斯被困在沙漠中已有千年，這給奧古斯人帶來了很多不便，希望您能把奧古斯遷移到一個資源富饒、山清水秀的好地方，改善奧古斯人的生活。」

　　「老朽定當實現閣下的願望！」泰坦鄭重地承諾道。

　　「泰坦，您是奧古斯的守護神，希望以後還能繼續守護奧古斯的子民。」那身影將目光轉向奧古斯的都城，仿佛在留念從那裏依稀傳來的歡聲笑語：「另外，我已經不是奧古斯的王子了，我準備離開這裏，所以請您把新王子當作自己的主人，協助他守護好奧古斯。」

　　那身影說完後，長長地鬆了口氣，仿佛卸下了千斤重擔，整個人的站姿也隨之鬆懈下來。

　　「老朽答應閣下的前兩個願望，但第三個願望恕老朽無能為力。」泰坦沉穩地拒絕道。

　　「為甚麼？」那身影急了，身體向前傾去，似要與泰坦爭辯。

　　「契約就是契約，不可改變。老朽當年與閣下的祖先締結生死契約，謹當遵從皇族繼承人的意願。閣下盡可放心，老朽定

當好好守護奧古斯！同時期待閣下能早日回歸。」泰坦巨人鏗鏘有力的說辭帶着不容反駁的意志。

「唉，那好吧……」那身影歎了口氣，終於妥協了。

「布魯布魯！」這時，城牆上頭掉下了一團毛茸茸的東西，咚的一聲，砸在那身影的腳邊，嚇了他一大跳。

「咦，你不是布布路的怪物嗎？怎麼跑到這裏來了？」看清那團東西原來是四不像後，那身影關心地問道。

「布魯！布魯！」四不像好像喝醉酒一樣，搖搖晃晃地站起來，用耳朵拍打着自己的臉頰，晃晃悠悠地走了幾步，撲通一聲，一屁股坐到了地上。

「老朽之前便覺這隻怪物的氣息甚是熟悉，若在上古時代，它可是怪物中的『神物』級別，不想到了今時今日，『神物』也沒落了……」泰坦的口氣聽起來有些惆悵。

「布魯！布魯！」四不像猛地從地上跳起來，露出肚皮上醒目的十字傷疤，惱火地衝泰坦大叫，似乎在怪它多嘴。

「轟轟轟 —— 你這等模樣，老朽真是不習慣，轟轟轟 ——」泰坦毫不在意四不像的挑釁，反而發出了如同打雷一般的笑聲：「你這般精神，老朽覺得分外有趣，轟轟轟 ——」

「四不像！」遠遠的，布布路吭哧吭哧地正往城門這邊跑來。

那身影看了一眼泰坦，告別道：「泰坦，後會有期。」

「閣下，後會有期。」隨着那身影的急速離開，泰坦也隱沒到了城牆內，只剩下四不像獨自在城牆下，使勁撓爪子！

「喂，四不像，你沒事吧？真是的，稍微不看你一下，就去搶

餃子手裏的酒喝，醉了吧？」布布路將四不像抱了起來，突然想到甚麼似的環顧了一下四周：「咦，怎麼沒有人啊？那你剛才在跟誰說話？」

　　「布魯！布魯布魯！」四不像無視布布路的提問，生氣地翕動着鼻孔，對着那面城牆噴氣再噴氣！

新世界冒險奇談

第二十站 STEP.20

神諭的真相
MONSTER MASTER 2

魔都遷徙

　　一大早，太陽才升上半空，奧古斯城裏就異常熱鬧起來。

　　「胖子！胖子，你在哪裏啊？」布布路從皇宮到廣場再到居民區最後還跑了一趟垃圾場，結果哪裏都找不到胖子的影子！

　　真是的，那傢伙失蹤到哪裏去了？

　　「黑鯛老師，你知道胖子去哪裏了嗎？我們馬上就要離開奧古斯回摩爾本十字基地去了，想和他好好告別一下！」餃子去向黑鯛拿簽名書時，順便多問了一句。

「之前我們去敲了胖子房間的門，等了許久不見回應，還以為胖子睡死了，結果推門進去一看，房間裏空蕩蕩的，牀上也沒有睡過的痕跡，而那隻他曾經用來與您祕密聯絡的卡卜林毛球就孤零零地擺放在牀頭。」布布路補充道。

「也許他是受不了離別的場面才故意躲起來的吧？」黑鯛有些不自然地掉轉視線，故作感慨地說。

餃子何等精明的人，一看就知道裏面有貓膩，不過他不動聲色地點點頭，同樣充滿感慨地說：「既然如此，那就不勉強了，後會有期。」

黑鯛像是被觸動了，微微顫抖着嗓音說：「是的，以後……以後一定會有機會見面的！」

「可是，胖子他……」布布路沮喪地耷拉下腦袋，經過與尼尼克拉爾的一戰，他其實蠻喜歡胖子這個人的。

「他要是故意躲着我們，我們怎麼找都不可能找得到他！而且你們應該想想回去後怎麼和雙子導師交代……」賽琳娜手上把玩着從喝醉的四不像爪子底下騙過來的雷石。

帝奇臭着一張臉，單手抓着四不像的兩隻長耳朵，像提行李一樣將還在昏睡不醒的它拎了過來，隨手一揚，丟到了布布路懷中：「你的怪物，你自己照顧！」

布布路將四不像塞進了身後的棺材裏，決定讓它在裏面好好睡一覺。

「各位，龍首船已經準備就緒，請登船吧！」梅林笑容滿面地迎上來，將四人送上了一艘停靠在廣場上的龍首船。

四人站在船尾，接受眾多奧古斯人的送行。

「奧古斯永遠都會對你們敞開大門！歡迎你們下次再來！」

「一路順風，一定要再來奧古斯啊！」

「再見！再見了！」

……

轟隆隆 —— 隨着一陣巨大的轟鳴聲，龍首船騰空而起，愈飛愈高，廣場上的人在四人的眼中也愈變愈小，但依然能看到每個人都昂着頭，使勁地揮手。

「再見啦 ——」布布路拖長了一口氣，對着奧古斯的方向大喊。

「你們快看！」賽琳娜發出了一聲詫異的驚呼。

奧古斯都城底下的黃沙如同海浪般不停往外噴湧，一隻黑金色的巨大石手從沙堆裏升上來，托舉起奧古斯，並且愈舉愈高，愈舉愈高……直到另一隻巨手出現，接着是石頭的胳膊、石頭的腦袋、石頭的身體……一個渾身覆蓋泰坦原石的巨人頂天立地地站立在茫茫的沙漠上。

「哇噢噢噢噢 —— 是泰坦巨人！真正的泰坦巨人！」四人異口同聲地叫了起來。

原來奧古斯就建立在泰坦身上啊，而泰坦一直沉睡在沙漠裏，所以一千年來奧古斯才不能移動……

「了不起啊！真威風！」布布路興奮得兩眼放光，心裏想着，要是他也能有一隻這樣了不得的怪物，那該有多好啊！唉，四不像這傢伙要是能更爭氣一點就好了……

泰坦抬起一隻巨手，緩慢地對布布路他們揮了揮，隨即將奧古斯穩穩地放上肩膀，扛着奧古斯朝與布布路他們相反的方向邁出了步伐！

　　轟轟轟——泰坦每走一步，大地就仿佛地震一般劇烈地顫動着。

　　布布路依依不捨地目送泰坦遠去的背影，心裏不禁感慨萬千：「不知道下一次再見到奧古斯的時候，它會在甚麼地方？」

　　「天下無不散的筵席，別難過了。不過那個死胖子太不夠意思了，到最後都沒出現……」賽琳娜安慰着布布路的同時，自己的眼眶卻紅了。

　　「跨入嶄新時代的奧古斯一定會變得更富足殷實，說不定下次再見面時，那裏的人都會吃得跟胖子一樣胖，哈哈……」餃子愉快地調侃道。

　　「白痴，那是不可能的！」帝奇冷冷地白了餃子一眼。

　　「為甚麼？」布布路不解地問，奧古斯的連桌宴不錯，多辦

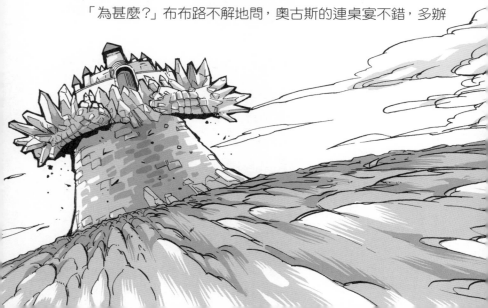

幾次的話，那裏的人要變成胖子那樣⋯⋯也是有可能的吧！

「因為不符合邏輯！」帝奇沒好氣地說完後，就窩到角落裏去打盹兒了。

布布路撇了撇嘴角，偷偷對餃子和賽琳娜比了個 ∨ 形：「嘿嘿，帝奇最近跟我們講話比較多了哦！」

太帥了，忍辱負重的圖蘇王子

龍首船飛啊飛，布布路跳到船頭的龍首上，盯着那無邊無際的沙漠發呆。

咦，那裏 —— 布布路突然瞪大眼睛，急切地喊道：「賽琳娜！餃子！帝奇！快過來！那裏⋯⋯那裏有人在求救！」

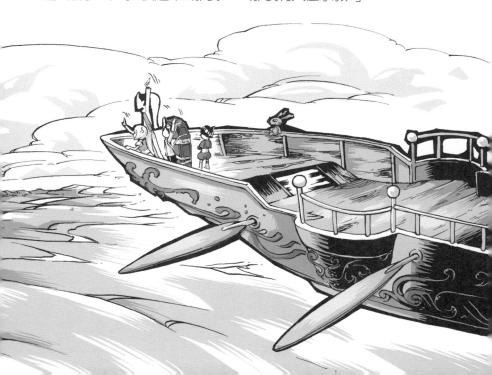

　　三人趕緊奔上船頭，順着布布路所指的方向看去，黃澄澄的沙漠上升起了一股灰色的濃煙。隨着龍首船的飛近，大家赫然看清弄起這股濃煙的人居然是胖子！

　　這傢伙到底是怎麼回事啊？知道他們要走，不送行也就算了！還不好好地待在奧古斯，晃到沙漠裏來幹甚麼？

　　「我去通知飛行師，我們下去看看！」賽琳娜邊說邊跑回船艙。

　　很快，龍首船就徐徐降落到了胖子的身邊。「胖子！」布布路開心地猛揮手。

　　「你為甚麼會在這兒？」餃子跳下船舷，盯着滿頭大汗的胖子疑惑地問。

　　「唉，說來話長，幸好碰到你們了，要不然我就被沙漠裏的大太陽烤成肉乾了！」胖子說着，跌跌撞撞地爬上龍首船，將那件被汗水浸透的上衣用力一擰，飄着酸臭味的汗水立刻嘩啦啦地流了一地。

　　布布路四人的目光如同探照燈一樣掃過狼狽不堪的胖子，突然都定格了，這胖子……果然……

　　餃子一把抓起胖子的右手，指着他的手腕說：「哼哼，這是雙頭鷹圖案，大家都沒看錯吧！你就是那個誘騙梅林當王子的『神』！」

　　「奇怪，昨天看的時候不是沒有嗎？」布布路歪着腦袋，想不明白了。

　　「快說，你到底是誰？」賽琳娜已經完全放棄了淑女形象，

氣勢洶洶地逼問胖子，胖子嚇得連連後退。

「你其實才是真正的圖蘇王子吧！因為只有真正的王子才擁有象徵皇族身份的耳環，也只有真正的王子才知道許多不為人知的奧古斯秘聞。」帝奇用平淡的聲調說出了自己的推測。

胖子被四人逼到了角落，看他們幾個大有「你不說清楚，就把你扔下船去」的苗頭。

胖子只好摸着肥嘟嘟的下巴，支支吾吾地說出了真相：「你們猜得沒錯，我就是圖蘇王子。十年前，我僥倖從皇宮逃出來，開始在垃圾場裏生活。親眼目睹了我的子民喪失尊嚴喪失自由的淒慘生活，這讓身為皇族繼承人的我非常內疚。我總想為他們做點甚麼，但那時候我才五歲，甚麼本事都沒有。最讓我慶幸的是，黑鯛老師一直在鼓勵我，引導我。他說，黑暗中的人民需要信仰，需要一個王者來指引他們，給他們精神依託。」

說到這裏，胖子撫了撫手上的雙頭鷹圖案，歎了口氣：「其實，黑鯛老師的意思是讓我去安撫奧古斯人，但我更希望能徹底拯救我的子民。於是，我做出了一個重要決定——找一個替身代替我！

「我在垃圾場的那些小孩子裏物色了很久，最終選定了梅林。因為他正直、善良，而且他和我長得很像。之後我選了一個合適的時機，把通緝令、象徵皇族的耳環以及王子的職責都交給了他，自己則潛伏到尼尼克拉爾身邊，希望能找出尼尼克拉爾強大力量的來源，並等待時機推翻他的政權。為了得到尼尼克拉爾的信任，我戴上了恬不知恥的面具，做了許多違背自己良心

的事，這就是事情的全部真相了……至於我手上的這個雙頭鷹圖案嘛，其實只有在情緒亢奮的時候才顯現出來。」

胖子終於坦然相告，親耳聽到這個答案，布布路四人既覺得有點出乎預料，又覺得在情理之中。

「難怪昨天晚上我們沒有看到雙頭鷹圖案，不過真是稀奇！」布布路翻動着胖子的手，似乎想要好好研究一番。

「拜託……梅林和你長得很像！你……你長得哪點和通緝令一致了？」賽琳娜從口袋裏翻出那張通緝令，這可是她悄悄從梅林那裏要來的，因為是和王子有關的東西嘛，可以留作紀念。

胖子並不介意賽琳娜嫌棄的語氣，反而笑呵呵地解釋道：「為了不讓尼尼克拉爾發現，我拚命猛吃，還讓垃圾場裏的醫師給我全身的穴道扎針，從內部將自己變得鼓起來。」

「其實喚醒泰坦的人是你！當時尼尼克拉爾砍了你一劍，而你的血正好濺到了戒指上！」餃子想通了事情的來龍去脈，卻想不通胖子最後的做法：「可你為甚麼要把王子的身份拱手相讓給梅林？還要離開奧古斯呢？」

「因為這十年來，我一直違背心意為尼尼克拉爾做壞事，雖然那並不是我的本意，畢竟我還是做了。所以我的心靈已經不再純潔，無法擔負起守護奧古斯人民的職責！梅林比我更適合成為他們心目中偉大堅強的王子！而且我想好好地遊歷這個世界，豐富自己的見識，讓我的心靈得到徹底的洗滌。等到有一天我有資格領導奧古斯人獲得幸福時，我一定會再回去的！」胖子懷着美好的憧憬望向遠方。

「好小子！雖然你的長相是差了點⋯⋯但沒想到你這麼有志向啊！我欣賞你！」賽琳娜真心讚揚道。

「那你要不要來我們基地考怪物大師預備生，很有趣哦⋯⋯」布布路開始慫恿胖子成為自己的同伴。

「就算要考，也是明年的事了！不過你可以提前準備一下⋯⋯」餃子也加入了話題。

帝奇打了個哈欠，退到原位繼續閉眼睡覺。

龍首船一路越過沙漠，終於到了當初與胖子見面的地方 ——北之黎的原石拍賣會場外。

胖子站在龍首船上向他們揮手：「我走了！希望以後我們還能見面！」

「一定要再見面啊！」四人淚眼婆娑地揮手告別。

尾聲

布布路四人好不容易回到摩爾本十字基地，剛剛邁進大門，就見黑鷺怒氣衝衝地瞪着他們，顯然他已經「恭候」多時！

「你們這幾個傢伙！我明明叫你們去維護拍賣會現場秩序，結果你們把會場給砸了。你們真是厲害啊，真是威風啊，拍拍屁股跑得沒影了，這可是我們基地多年以來第一次被投訴！好，我倒要看看你們怎麼向白鷺交代！」黑鷺劈頭蓋臉將他們痛罵了一頓。

「黑鷺導師，這是我們孝敬您的！」餃子趕緊雙手奉上從黑

鯛那裏拿來的那套簽名珍藏本。

　　黑鷺打量了一番之後，眼中暗暗閃過一絲不易察覺的欣喜之色，但隨即又收住了，轉身道：「哼，別以為這樣就能躲過一劫，先罰你們閉門思過一週……不，三天吧！每人寫八千……算了，五千字的檢討吧！」

　　「呃，我的珍藏本只換了四天和三千字嗎？」餃子倒抽一口冷氣，摀住胸口，誇張地叫道：「黑鷺導師您不能這樣啊！」

　　「白痴。」帝奇沒好氣地白了餃子一眼。

　　「大姐頭，檢討書要怎麼寫啊？」布布路抓耳撓腮。

　　賽琳娜一個爆栗敲在布布路的腦門上，氣呼呼地說：「別問我，我長這麼大還沒寫過檢討書呢！這簡直是我人生的一大污點……」

　　唉，看來他們幾個距離成為怪物大師還有很長很長很長的一段路要走啊！

【第二部完】

怪物大師成長測試

Q₁₀ 一個國家能否強大幸福,你覺得與甚麼有關?(我知道每條你都想選,但請你慎重地想好選擇其一!)

A. 睿智、有遠見、關心人民的領導人。

B. 豐富的物產資源,財政是很重要的!

C. 和諧的外交關係,最怕戰爭了!

D. 強大的軍事力量,擁有最厲害的軍隊還怕甚麼?

E. 勤勞的人民,大家共同努力!

Ⓐ 【解答】

A. 嗯,一個聰明的領導人懂得怎麼將國家治理得井井有條。(7分)

B. 物產資源的確能維持財政,可是坐吃山空也是不行的哦!(5分)

C. 有的時候,想要維持和平,是要付出一定代價的喲!(3分)

D. 怕你!你這個尚武主義者!(9分)

E. 有道理,一個國家的強大和幸福不是幾個人可以決定的,而是由這個國家的全體人民決定的。(1分)

完成這個測試後,你可以得到一隻屬於自己的怪物!

測試答案就在第四部的 202,203 頁,不要錯過哦!!

MONSTER MASTER ♦LOVE♦DREAMS♦

這是成為怪物大師的必經之路!!!

尊敬的讀者:現在你跟隨布布路一起踏上了成為怪物大師的道路!向所有的困難發起挑戰吧!

● 第二十站 ● 神諭的真相 ●

火山下封印着上古的邪惡靈魂——
是甚麼在低聲呼喚？

厄運
DOOM

第三部
《危險的藍鬍子戰士國》

幾乎是一夜之間，乾旱侵蝕了流方大陸西方的多雨城市——卡加蘭及其附近的村落。

布布路一行四人接到送水任務而踏上旅程，誰也沒有想到，這卻將他們捲入了一個巨大的陰謀中……

聆聽吧，在史書上都不曾留有一點記錄的神祕英雄傳奇，只存在於流浪詩人的口中——

『
藍
鬍
子
戰
士
國
』

『一個戰士，就是要賭上自己的性命，你們敢嗎？』
超越生死的榮耀之戰即將揭開序幕！

A VOICE FROM THE PAST...

藍鬍子英雄站在城門上吹響號角，
戰士們，出征了！
沒有怪物大師，
憑藉我們的雙手也能保家衛國！

熊熊燃燒的靈魂之火

決不相讓的信念，
我們的使命與故鄉同在

信念
BELIEF

BUBURO.BURO.LIVAGE

布布路・布諾・里維奇

英雄還是惡魔？

預言
PROPHESY

下部預告

　　當古老的信仰浸沒於地平線下，英雄們在一夜之間淪為惡魔，預言實現了，悲泣荒原上的嗜血獸人在破星之子的帶領下重回卡加蘭，無盡的永恆之泉中，最邪惡的怪物獲得了重生，卡加蘭城的末日終於降臨！

　　布布路四人最終是成為末日的救世主？還是葬身在藍胡子戰士的火箭之下？

SELINA.NE.FARCA

賽琳娜・昵・菲爾卡

MONSTER MASTER

Especially written for kids aged 9-14

②賽琳娜的報告書

藍星上的元素晶石

賽琳娜 13 歲，興趣是收集藍星上的元素晶石。

我尋找着未來的地圖，為了抓住滿溢的夢想，才會飛越地平線！

賽琳娜（微笑）：

大家好，這次是我給大家做關於元素晶石的報告！

我是富商的女兒，我們家就是做礦石生意的。所以我對藍星上存在的礦石都非常瞭解，尤其是元素晶石！

大家都知道藍星上存在多少種元素晶石吧……

甚麼，布布路，你搖頭是甚麼意思？

連這麼簡單的東西都不知道，你千萬不要說是我們影王村的！

走！我今天要帶你去琉方大陸最大的礦石交易市場，認識一下各種元素晶石，餃子，帝奇，你們也全都坐上甲殼蟲，一起去！

THE FIRST STEP

賽琳娜：好了，前面就是礦石交易市場了。大家坐好，我要加速了！

餃子（連連嘔吐）：大姐頭，大姐頭，慢點，慢點，我又要吐了，嘔——

布布路：哇！這裏有好多石頭啊！

（揮手擊中了四不像）

四不像：布魯！

布布路：哎呀呀，四不像你幹嗎咬我？

帝奇：吵死了，你們！

賽琳娜：到了，全體下車！你們必須跟緊我，這裏人多，很容易走散的！

賽琳娜：來來來，這家店就是我以前經常光顧的元素晶石的專賣店，叫元素晶石一品屋。所謂元素晶石，就是這些礦石與相應的元素結合形成的。

布布路（舉手發問）：大姐頭，這塊藍色的就是你經常用的水石吧？

賽琳娜：沒錯！因為我的怪物是水精靈，所以在戰鬥的時候使用水石可以增加它的攻擊力！你們看，那塊透明的是風石，紅色的是火石，褐色的是土石，黃色的是砂石，還有那塊紫色的是……

布布路（搶着回答）：我知道！我知道！這個是雷石，對不對？上次在奧古斯，我們被這個雷石造出來的雷光圈困住了，幸虧四不像……

餃子：四不像！布布路，你快管住你的怪物，四不像又要吃雷石了！

賽琳娜（尖叫）：四不像，不許吃啊！雷石可是很貴的，把我們全賣了也……

四不像（滿足地打了個嗝）：布魯！

布布路（僵硬地）：呃，大姐頭，四不像……呃，已經吃下去了……

餃子（偷瞄周圍）：大姐頭，趁老板娘還沒有發現，我們趕緊跑吧……

老闆娘（篤篤篤地走出來）：誰說我沒有發現？我都聽到了。

餃子（訕笑）：哎呀，老闆娘，原來你的身材那麼……玲瓏啊！

布布路（恍然大悟）：原來老闆娘一直在櫃枱後面，因為太矮了所以我們剛才都沒有看見……哎喲，大姐頭，你幹嗎打我……

賽琳娜（尷尬）：老闆娘，剛才那塊雷石，我們……不是有意的……

老闆娘（伸出雙手）：一塊雷石十萬盧克，賠錢吧！

餃子（抱頭哀號）：奸商啊！

老闆娘（喋喋不休）：甚麼奸商，你知道剛才那塊雷石的成色有多好嗎？那可是千裏挑一，不不不，是萬裏挑一的！而且那麼大塊的雷石，整個交易市場都找不到第二塊……

帝奇：喏，這個給你，安靜點！

布布路：哇，帝奇，你居然有這麼大的雷石！

賽琳娜：豆丁小子，你怎麼買這麼大的雷石啊？

帝奇：給巴巴里當皮球踢着玩。

餃子：……有錢人真好啊！

賽琳娜（扯了扯嘴角）：走，我們去下一站！

我尋找着未來的地圖，為了抓住滿溢的夢想，才會飛越地平線！

THE THIRD STEP

賽琳娜（笑瞇瞇）：大家過來看，這家店是我家的礦石連鎖店！

布布路：哇，這家店比影王村的那家還要大！

餃子（諂媚地）：大姐頭，你家的店好氣派啊！

帝奇：太小了。

賽琳娜：豆丁小子！

店員：賽琳娜小姐，我們店裏的元素晶石需要採購了，這個是採購單。

賽琳娜：走吧，大家跟我去采購元素晶石！

THE FOURTH STEP

賽琳娜：這裏是最大的原材料銷售店。這裏出售的都是沒有經過加工琢磨的礦石，這些礦石要經過一系列複雜的切割打磨程

式，才能成為最後的元素晶石。所以，我們來這裏的第一步是先挑選好的石頭！這裏就是元素晶石的挑選區了，一般來說這裏主要是風、火、水、土四種元素晶石，稀有的元素晶石是非常非常罕見的！

布布路：這些石頭外形看起來都差不多哦，怎麼知道它是好壞呢？

餃子：這個嘛，一定要看到石頭裏面才可以判斷吧？

布布路（擼袖子）：我知道了，只要把這塊石頭打碎就行了吧！

賽琳娜：不行！絕對不行！這裏的規定是只能從石頭的外觀來

判斷裏面的好壞，絕對不能破壞石頭。

餃子：這也太考驗眼力了吧！

布布路：大姐頭，那你選中了哪塊呢？

賽琳娜（左看右看）：這塊！

帝奇：我選這塊！

布布路：我也要選，我選這塊！

餃子：布布路，不是我打擊你，你那塊一看就知道是壞的石頭！

布布路：不會吧，我的鼻子告訴我，這塊石頭一定是很好的石頭！

三人（汗）：你的鼻子到底有多少功能啊？

賽琳娜：嗯，那好吧。老闆，我要這三塊！

老闆：賽琳娜小姐，歡迎光臨，這三塊一共兩萬五千盧克！

布布路：好貴呀！

餃子：所以如果你選錯了，大姐頭就虧大咯！

帝奇：如果是好石頭，可以加工出很多塊元素晶石。

賽琳娜：價格嘛……

老闆：賽琳娜小姐心目中的價格是……

賽琳娜和老闆開始比起了奇怪

的手勢。終於——

老闆：成交，一萬一千盧克！

餃子：居然砍下了一半的價格！

布布路（好奇）：我甚麼都沒看懂，大姐頭，你是怎麼砍價的？

賽琳娜（得意）：這是祕密！

帝奇：白痴！這是最基本的暗語手勢。

賽琳娜：好啦，好啦！下面我們去元素晶石的加工廠！

THE FIFTH STEP

賽琳娜：這裏是為交易市場統一提供元素晶石加工的地方。

布布路（着急）：快點，快點！把我們選的三塊石頭都打開來看看。

賽琳娜：第一塊，是我選的……哇，是成色很好的風石！

餃子：大姐頭的眼光就是好啊！

布布路：快點，下面一塊！

賽琳娜：接下來是帝奇選的……天哪！天哪！！天哪！！！

布布路：怎麼了，帝奇選的是甚麼石頭啊？我從來沒有見過這種白色的晶石！

賽琳娜（激動）：這是罕見的光石！可以產生高光，在戰鬥中可以用來干擾對方的視線！而且，這塊光石好大呀！

帝奇：一般，我臥室外牆上嵌着的那一塊都是它的三倍。

布布路：帝奇，你為甚麼要把光石嵌在牆上啊？

餃子：我知道，是用來對付尋上門來的仇家對吧？

帝奇：不是，是因為很耀眼。

餃子：……有錢人！

賽琳娜（咬牙）：好了，下面是布布路選的！不……啊啊啊啊啊……不會吧？

布布路：咦，石頭裏面甚麼都沒有，難道是一塊壞石頭？

賽琳娜（激動）：不不不，你選中的是黑色的元素晶石！這是最最最罕見的黑夜石！據我所知，這麼大的黑夜石整個琉方大陸上最

多只有十塊！

布布路：黑夜石有甚麼用？

賽琳娜：黑夜石可以吞噬一切光明，讓敵人陷入無盡的黑暗之中，是很厲害的元素晶石！

布布路：哇！大姐頭分我一塊！

賽琳娜：不行，你又不會用！哈哈哈，讓我來算算這幾塊石頭一共值多少錢……

餃子（汗）：好了，今天的元素晶石就介紹到這裏，大姐頭，我們該回基地了，大姐頭，大姐頭……

乘風高飛，爭分奪秒地追求理想，前進吧，我們會在命運的因緣下相遇。

MONSTER MASTER
Especially written for kids aged 9-14

LEON IMAGE Author Introduction

未能述說的世界

【雷歐幻像小檔案】

- ●本名：祕密
- ●筆名：雷歐幻像
- ●血型：B
- ●身高：176cm
- ●體重：不知道（據知情人士爆料：最近體重持續飆升中，快減肥吧！）
- ●特長：發呆、裝傻
- ●興趣：養小動物、看書

- ●喜歡的食物：白米飯
- ●喜歡的運動：睡覺（聽說這傢伙很懶）
- ●愛看的書：多啦A夢、伊藤潤二的恐怖漫畫系列
- ●代表作：「查理九世」系列、「怪物大師」系列

Special interview

Q01. 您寫「怪物大師」的初衷是甚麼呢？

我小時候的樂趣之一就是做夢，「查理九世」可以說是我的噩夢合集，裏面的內容都是小小的我害怕和好奇的東西，「怪物大師」則是我的美夢合集，如果說每個小孩子都有個英雄夢，我心中的英雄就是「怪物大師」。

Q02. 那您是否陷入過美夢與噩夢並存的狀態？意思是，當您面對需要同時進行「怪物大師」和「查理九世」創作的時候，您是如何協調的呢？

在美夢和噩夢之間，我被激發了新的靈感，另外，「查理九世」第一部

其實我早就寫完了，請讀者們慢慢期待……

Q03. 對於「怪物大師」中的角色，您有甚麼要說的嗎？

嗯……關於墨多多、堯婷婷、虎鯊和扶幽他們這個隊伍嘛，我覺得……啊！甚麼？「怪物大師」的主角不是他們嗎？那這部書的主角是誰？難道我穿越了嗎？

Q04. 用一句話形容「怪物大師」這部作品？
愛與夢想的冒險故事。:-D

Q05. 在寫書的過程中您最喜歡哪

個環節？

我只能説，我挺討厭寫書的，寫字打字其實是一個體力活，我更加喜歡用想的……我希望編輯部能派遣一個專門的編輯給我，我説話他來記錄就好了。（工作組的各位同事經常包容我的任性，真是十分感謝大家）

Q06. 不寫文的時候您都幹甚麼？

甚麼都幹，我愛好挺廣泛的，拼拼模型，打打遊戲，發發呆，餵餵社區裏面的小貓，儘管我都不知道它們長甚麼樣子，因為貓糧放在碗裏，小貓們都是半夜來吃的，呃……其實我也不確定那些貓糧真是小貓吃了。

Q07. 最近有甚麼願望？

我希望 Michael Jackson 能復活！好吧，我知道這是不可能的，我也是如實回答願望而已。

Q08. 最想要的東西是甚麼？

錢！甚麼？沒有！那好吧，可以的話請多給我一些時間。

Q09. 您有甚麼特技嗎？

我的特技嘛……有很多，我最近在修煉「如來神掌」……啪！啪！（擊出兩掌）

Q10. 最後，有甚麼想對小讀者們説的嗎？

當你看到這段文字的時候，説明你已經購買了這本書，我很欣慰地告訴你，你做出了你人生一個非常正確的決定！你購買了一本好書！恭喜你！

【已出版作品】查理九世 · 墨多多謎境冒險系列

Comic Theater

「怪物大師」四格漫畫小劇場

！黑鷲導師の私人溫室

● Comic：潘培輝 /Story：黃怡崢

播撒種子種果子。

來，喝點水，要快快長大喲。

哈哈，已經開始結果了，下次就能大豐收咯！

Monster Warcraft

「怪物對戰牌」使用說明書

> **基本資訊**：單冊附贈 16 張卡牌。集齊 64 張即可開始遊戲。
> **遊戲人數**：2 人　　**遊戲時間**：5 — 20 分鐘

人物牌：4 張　　怪物牌：12 張　　基本牌：34 張　　元素牌：10 張　　特殊物件牌：4 張

●【遊戲描述】

❶將人物牌洗混，玩家抽取 1 張人物牌，確定自己的人物血量值。（人物牌的組合技能在二人對戰時不適用）

❷將怪物牌洗混，玩家抽取 1 張怪物牌，確定自己所擁有的怪物。

將怪物牌置於人物牌的上面，露出當前的血量值。（扣減血量時，將怪物牌右移擋住被扣減的血量值）

❸將其餘的基本牌、元素晶石牌、特殊物件牌等洗混，作為牌堆放到桌上，玩家各摸 4 張牌作為起始手牌。

❹遊戲進行，確定先出牌的玩家從牌堆頂摸 2 張牌，使用 0 到任意張牌，加強自己的怪物或者攻擊他人的怪物。但必須遵守以下兩條規則：

◆每個出牌階段只能使用一次【攻擊】。

◆任何一個玩家面前的特殊物件區裏只能放 1 張特殊物件牌。

每使用 1 張牌，即執行該牌上的屬性提示，詳見牌上的說明。

遊戲牌使用過後均需放入棄牌堆。

❺在出牌階段，不想出或沒法出牌時，就進入棄牌階段。此時檢查玩家的手牌數是否超過當前的人物血量值（手牌上限等於當前的人物血量值），超過的手牌數需要放入棄牌堆。

❻回合結束，對手玩家摸牌繼續進行遊戲……直至一名玩家的血量值為 0（即死亡）。

❼判定的解釋：摸牌階段，對要進行判定的牌需要進行判定，翻開牌堆上的第一張牌，由這張牌的顏色來決定判定牌是否生效。

❽若遊戲未分出勝負，但牌堆的牌已經摸完，則重新將棄牌堆的牌洗混後，作為牌堆繼續使用。（還等甚麼，趕快開始試玩怪物對戰牌吧！）

> 今年我們班上最流行的就是怪物對戰牌遊戲了！

宋巍巍
Vivison

趙　婷
Mimic

黃怡崢
Miya

吳巧英
Wu

孫　潔
Sue

何佳妮
Coney

孫　東
Sun

周　婧
Qiaqia

張芝宇
Dorris

潘培輝
Jing

雷　鴻
Led

丁　果
Vin

劉厚鬆
Jack

陳扶民
DKY

CREATED BY LEON IMAGE
Love & Dreams
MONSTER MASTER

 作品
LEON IMAGE WORKS

□ 責任編輯：郭子晴
□ 裝幀設計：高林
□ 排　版：陳美連
□ 印　務：劉漢舉

怪物大師
——沉睡的泰坦巨人之城

□
著者
雷歐幻像

□
出版
中華教育
香港北角英皇道 499 號北角工業大廈一樓 B
電話：（852）2137 2338　傳真：（852）2713 8202
電子郵件：info@chunghwabook.com.hk
網址：http://www.chunghwabook.com.hk

□
發行
香港聯合書刊物流有限公司
香港新界大埔汀麗路 36 號
中華商務印刷大廈 3 字樓
電話：（852）2150 2100　傳真：（852）2407 3062
電子郵件：info@suplogistics.com.hk

□
印刷
美雅印刷製本有限公司
香港觀塘榮業街 6 號 海濱工業大廈 4 樓 A 室

□
版次
2014 年 12 月第 1 版
2019 年 4 月第 1 版第 4 次印刷
© 2014　2019 中華教育

□
規格
大 32 開（210 mm×140 mm）

□
書號
ISBN：978-988-8310-62-3